Aguirre, el magnífico

Retablo ibérico

Manuel Vicent

Aguirre, el magnífico

ALFAGUARA

© 2011, Manuel Vicent
© De esta edición:
   2011, Santillana Ediciones Generales, S. L.
   Torrelaguna, 60. 28043 Madrid
   Teléfono 91 744 90 60
   Telefax 91 744 92 24
   www.alfaguara.com

   ISBN: 978-84-204-0629-9
   Depósito legal: M. 8.913-2011
   Impreso en España - Printed in Spain

   PRIMERA EDICIÓN: ENERO 2011
   SEGUNDA EDICIÓN: FEBRERO 2011
   TERCERA EDICIÓN: FEBRERO 2011

© Diseño:
   Proyecto de Enric Satué

© Cubierta:
   Jesús Acevedo

Aguirre, el magnífico

1985

*De cómo fui nombrado biógrafo del duque
ante el rey de España con un chorizo
de Cantimpalos en la mano*

El 23 de abril de 1985, en la Universidad de Alcalá, el novelista Torrente Ballester acababa de pronunciar en el paraninfo el discurso de aceptación del Premio Cervantes, y después de la ceremonia, con la imposición de la inevitable medalla, se celebraba un vino español en el severo claustro renacentista alegrado con algunas flores y setos trasquilados. Bandejas de canapés y chorizos de Cantimpalos, cuya grasa brillaba de forma obscena bajo un sol de primavera, pasaban a ras del pecho de un centenar de invitados, gente de la cultura, escritores, políticos, editores, poetas. Uno de ellos era Jesús Aguirre, duque de Alba. Lo descubrí en medio del sarao, transfigurado, redivivo, como recién descendido del monte Tabor. Me acerqué y le dije bromeando: «Jesús, ¿puedo tocarte para comprobar si eres mortal?». El duque me contestó: «Querido, a ti te dejo que me toques incluso las tetillas». Vista la proposición, expresada con una dosis exacta de ironía y malicia, le confesé que me proponía saludar al Rey, pero que en este caso prefería la compañía de un Alba a la de un Borbón. «¿No conoces a Su Majestad?» El duque tiró de mí para conducirme ante la presencia del monarca. Saludar al Rey después del frustrado golpe de Tejero del 23-F era un acto que estaba ya bien visto, incluso era buscado por los ácratas más crudos. El anarquista celeste

Gil-Albert, poeta de la generación del 27, regresado del exilio de México, me dijo un día: «He rechazado muchas invitaciones a palacio, pero ahora no me importaría ir a Madrid a darle la mano a ese chico».

Don Juan Carlos vestía chaqué, empuñaba una vara de mando, se adornaba con el toisón de oro, un collarón con catorce chapas doradas, instituido en 1430 por Felipe III de Borgoña en honor de sus catorce amantes, que al parecer tenían todas el sexo rubio, como el vellocino de oro. Nuestro Rey lucía esa orden y ahora estaba rodeado de tunos cuarentones que se daban con la pandereta en la cabeza, en el codo, en las nalgas, en los talones y le cantaban asómate al balcón carita de azucena y no sé qué más, como si fuera una señorita casadera. Jesús Aguirre se abrió paso en el enjambre de guitarras y plantado ante el Rey dijo muy entonado: «Majestad, le presento a mi futuro biógrafo». Y a continuación pronunció mi nombre y apellido, mascando con fruición las sílabas de cada palabra. El Rey echó el tronco atrás con una carcajada muy espontánea y exclamó: «Coño, Jesús, pues como lo cuente todo, vas aviado». Esta salida tan franca no logró que el duque agitara una sola pestaña, sino una sonrisa cínica, marca de la casa. En ese momento, entre el rey de España, el duque de Alba y este simple paisano apareció a media altura una bandeja de aluminio llena de chorizos de regular tamaño, cada uno traspasado por un mondadientes, como se ven en la barra de los bares de carretera a merced de los camioneros. Una señora vestida en traje regional, de alcarreña o algo así, ofreció el presente con estas palabras: «¿Un choricito, Majestad?».

Y Su Majestad exclamó: «¡Hombre, un chorizo! ¡Venga, a por él!». Jesús Aguirre, obligado tal vez por el protocolo, alargó también la mano. Con un chorizo ibérico en el aire trincado con el mondadientes, Su Majestad me dijo: «Y tú qué, ¿no te animas?». Contesté algo confuso: «No puedo, señor, estoy cultivando una úlcera de duodeno con mucho cariño».

Con la boca llena de chorizo, ni el Rey ni el duque podían emitir palabra alguna y menos una opinión que no fuera el placer que se les escapaba a través de una mirada turbia, y por mi parte yo no encontraba un pensamiento que fuera el apropiado para la ocasión. Mientras ambos en silencio salivaban el don del cerdo, pude contemplar cómo por la barbilla real y por la comisura del duque se deslizaba una espesa veta de grasa, imagen de una felicidad que más que a la monarquía y al ducado correspondía al pueblo llano. «No sabes lo que te pierdes», dijo el rey de España cuando ya pudo hablar. Los tunos habían acompañado este encuentro con la canción de *Clavelitos* y luego se fueron a dar la tabarra a otros invitados.

En la fiesta se comentaba el atentado acaecido unos días antes en el restaurante El Descanso, cerca de Torrejón, atribuido a la Yihad Islámica, que había cosechado dieciocho muertos y más de ochenta heridos. La posibilidad de saltar por los aires mientras uno come chuletas con la familia en un merendero, a causa de un hipotético agravio a una secta religiosa o por una injusticia social que sucede en cualquier rincón del mundo, comenzaba a ser incorporada a la conciencia colectiva española. El sentido de la culpa universal era una dádiva que acababa de regalarnos la historia y que ya no nos iba a abandonar. Usted es responsable de la cólera de un fanático, que expresa su venganza a diez mil kilómetros de distancia. «¿Otro choricito, Majestad?» «No, gracias», dijo el monarca.

El galardonado Torrente Ballester andaba cegato, irónico y un poco perdido recibiendo parabienes de todo el mundo en medio del cotarro. El duque de Alba y el escritor se encontraron y, después de abrazarse y felicitarse mutuamente, comenzaron a recordar detalles de una escena extraña que, al parecer, compartieron hacía ya muchos años. «Fue en mi piso de la avenida de los Toreros —dijo Torrente— cuando sucedió aquel prodigio. De pronto, Dios se apareció debajo de la cama de mi hijo Gonzalito y, como tú entonces eras el cura más moderno del mundo, te llamó Ridruejo para que nos sacaras de aquel apuro». El duque sonrió: «Lo recuerdo muy bien. Fue prácticamente la última vez que ejercí el ministerio eclesiástico antes de abrirme al laicado. No está mal haber terminado con aquello asistiendo a un milagro, ¿no te parece?». El relato de este lance surrealista quedó interrumpido porque en ese momento vino alguien con la noticia de que Camilo José Cela, al que negaban el galardón año tras año, acababa de declarar en Radio Nacional que el Premio Cervantes era una mierda. «Este Camilón ha ido a Estocolmo a promocionarse para el Nobel. Ante el pleno de la Academia Sueca ha afirmado que puede absorber por el culo una palangana llena de agua», comentó Torrente. «En ese caso, seguro que le dan el Nobel de Física», dijo el duque.

Puesto que me había nombrado su biógrafo oficial siendo testigo el rey de España, lamenté no tener el talento de Valle-Inclán, ya que Jesús Aguirre, como personaje, podía desafiar con ventaja a cualquier ejemplar de la corte de los milagros. Según Valle-Inclán, el esperpento consiste en reflejar la historia de España en los espejos deformantes del callejón del Gato. Si este hijo natural, clérigo volteriano, luego secularizado y transformado en duque de Alba, se hubiera expuesto ante esos espejos, probablemente los habría roto en pedazos sin tocarlos o tal vez en el fondo del vidrio polvoriento habría aparecido la figura del Capitán Araña.

Terminado el acto académico en Alcalá de Henares, cuando regresaba a Madrid, en la radio del coche balaba la cabrita de Julio Iglesias echando caramelos por la boca. El locutor interrumpió la canción *Soy un truhán, soy un señor* para dar la noticia de la muerte de otro militar a manos de ETA, seguida de las condolencias y repulsas de los políticos, entre las que sobresalía la voz engallada del ministro socialista de Interior con la amenaza difusa de tomar represalias. Luego en la radio sonó *El vals de las mariposas,* de Danny Daniel, mientras yo trataba de recordar cuándo y en qué lugar me había encontrado por primera vez con Jesús Aguirre.

1970

*Un bello dálmata se paseaba entre libros
de la Escuela de Fráncfort y el odio comenzó
rompiendo algunos escaparates*

La memoria me llevó al palacete con jardín de la plaza del Marqués de Salamanca, donde estaba ubicada la editorial Taurus, que entonces era un negocio del banquero Alfonso Fierro, adquirido a Pancho Pérez González, su fundador. Se movía por allí un gerente barbudo llamado Sanabria, de la confianza del Banco Ibérico, con aspecto de no tener idea de libros, aunque en aquel tiempo con sólo llevar barba ya se tenía mucho ganado como intelectual. Sentado a una mesa en un rincón se hallaba un jovencito silencioso, muy introspectivo, que después sería el novelista José María Guelbenzu. En el zaguán se había cruzado conmigo un muchacho, a quien alguien llamó Jaime. Llevaba de la correa a un perro, los dos tan bellos como distantes. Ni el uno me ladró ni el otro se dignó mirarme. El perro era un dálmata y Jaime era hijo de Fierro, el amo del asunto, quien, según decían, había sido imantado por la inteligencia de Jesús Aguirre.

Probablemente era la primavera de 1970, cuando yo pretendía escribir una biografía de Azaña, una estampa política o cosa parecida. Tenía una amiga feminista de la vía dura, con una tijera estampada en la camiseta entre los senos, Vicki Lobo, a quien todos los años al llegar el 14 de abril, excitada con la flor de las acacias, le salían ronchas republicanas en la cara, y alentado por ella me presenté sin previo aviso en la editorial Taurus. Tenía entendido que para hablar con Aguirre había que pedir audiencia como si se tratara de un ministro o más y que él la concedía a capricho y con mucha reserva, pero ante mi sorpresa fui introducido enseguida por la secretaria Maripi en su despacho y sin conocerme de nada me recibió muy afable, incluso sonriente. En ese momento yo creía que Jesús Aguirre era cura y esperaba verlo con sotana o con alzacuello de clergyman, pero lo encontré muy visual con chaqueta blanca, corbata de seda natural llena de elefantes con la trompa alzada, un chal sobre los hombros color fucsia y media melena que le cubría las orejas, signo de la modernidad progresista de la época. Del respaldo de su sillón colgaba un bolso bandolera de lona, marca Yves Saint Laurent, pero no pude ver si calzaba zapatos italianos de tafilete con dos borlitas saltarinas y los famosos lacitos de colores en el empeine, de los que todo el mundo hablaba.

En ese tiempo la dictadura franquista se dejaba dar algún pellizco de monja por el diario *Madrid*, donde yo escribía artículos en la Tercera Página y ejercía la crítica de arte, sobre todo de los pintores del grupo El Paso, que exponían en la galería de Juana Mordó. La ley de prensa de Fraga acababa de suprimir la censura previa. Ya no era obligado ir con las galeradas al ministerio o a la delegación de Información en las capitales de provincias para que un censor dispéptico, oliendo a semen seco, tachara a su antojo con un lápiz rojo cualquier palabra, frase, pensamiento u opinión que no le gustara. En cierto modo, Fraga había cortado las alambradas, pero había dejado el campo sembrado de minas y cualquier periódico se jugaba la edición entera y una editorial toda la tirada del libro impreso si una mina estallaba al pisarla. Poco después de aquella primera cita con Jesús Aguirre, el diario *Madrid* saltó por los aires, como aviso a navegantes.

Franco todavía pescaba cachalotes en ese tiempo y mataba venados, perdices rojas y toda clase de marranos con rostro inexpresivo, el belfo entreabierto y la barbilla caída. Un día de Navidad en que para celebrar el nacimiento del Niño Dios el dictador tiraba a las palomas desde una ventana del palacio de El Pardo, la escopeta de caza le reventó la mano y no por eso dejó de firmar sentencias de muerte con la mano que le había quedado intacta.

La rebeldía tenía varios frentes. En la Universitaria los estudiantes arrojaban tazas de retrete desde las ventanas de las facultades sobre los caballos de los guardias. En una de aquellas asonadas alguien descolgó un crucifijo que presidía un aula de Filosofía y Letras, lo utilizó como arma ofensiva lanzándolo por los aires y el crucifijo quedó abandonado en el solar del paraninfo, pisoteado por la estampida de los búfalos. Por este sacrilegio hubo un acto multitudinario de desagravio en la iglesia de San Francisco el Grande, en el que participaron todas las autoridades académicas.

Cada reunión clandestina se cerraba con la ceremonia de la recaudación de la voluntad para los presos políticos y la nueva expedición de los argonautas consistía en llevarles por Navidad turrones a Carabanchel, aunque la cárcel de Carabanchel comenzaba a parecer una universidad expendedora de títulos antifranquistas y algunos temían que se les pasara el tiempo de adquirir su certificado para colocarse en la parrilla de salida que los llevaría al poder. Manuel Azaña era entonces un valor creciente en el hipotético horizonte republicano, con un sueño que rebrotaba cada año en el aire de abril junto con las flores de las acacias.

Por otra parte, la Iglesia se estaba renovando merced al Concilio Vaticano II. Habían aparecido los curas obreros, las comunidades cristianas de base y algunos obispos contestatarios. El cardenal Tarancón, a la hora de tomarse una paella entre naranjos en la huerta de Burriana, se subía las faldas de la sotana hasta las rodillas, se liberaba del alzacuello, se fumaba un puro en la sobremesa huertana y no veía mal que los curas echaran alguna vez una cana al aire, aunque este hedonismo mediterráneo escondía a un pragmático que usaba el sentido común como un revulsivo en medio de la caspa de Trento. El obispo Iniesta iba por el barrio de Doña Carlota de Vallecas con una cartera de fuelle como un practicante del seguro y le saludaban los mecánicos de taller, los tenderos, los mozalbetes tirados en la acera, que llevaban una navaja de labor en el bolsillo y una cerveza en la mano. Este obispo, que ya había recibido alguna paliza por parte de los fascistas, impartía teología evangélica entre la gente subalterna, convencido de que la justicia social abrigaba más que la caridad. Xabier Arzalluz era un jesuita que había hecho apostolado entre los españoles emigrados en Alemania; el cura Miguel Benzo comenzó a introducir una rebeldía espiritual entre universitarios de Acción Católica; el padre Llanos, que en los años cincuenta, al frente de unos falangistas beatos, arrojó huevos podridos contra los carteles de la película *Gilda* en un cine de la Gran Vía, se fue a predicar el Evangelio de los pobres a El Pozo del Tío Raimundo; el canónigo Espasa, en Valencia, abrió la facultad de Filosofía a la espiritualidad moderna y en las clases de religión hablaba de Sartre y de Camus; el padre Gamo soliviantaba a los fieles en Moratalaz; en los templos, el gregoriano había sido sustituido por las guitarras y se consagraba la eucaristía con pan de pueblo de cuatro cereales, y para la sangre de Cristo servía el vino peleón o un Vega Sicilia si se quería ver más bueno a Dios. Pero Jesús Aguirre era un clérigo fino que se hacía pasar por jesuita, aunque sólo era cura secular, que había estudiado Teología en Múnich y a quien se supone que algún desaprensivo había jurado que en el mundo había obreros, cosa que él parecía ignorar, aunque había visto de cerca a los emigrantes españoles por las calles de la capital de Baviera, encaramados en los andamios y durmiendo en barracones con gesto indigente. Dios le había llamado para una misión mucho más elevada.

Primero Jesús Aguirre fue asesor de publicaciones religiosas. Después se hizo cargo de Cuadernos Taurus, pero al tomar por asalto el mando absoluto de la editorial, quedó desbancado su predecesor García Pavón, el autor manchego del detective Plinio, y el espíritu de Tomelloso pasó a la estética de la Escuela de Fráncfort. Los partidarios de García Pavón, al verlo en la calle, contraatacaron y en las mesas del café Gijón aparecieron octavillas malévolas en las que se decía que, más que de Adorno y Walter Benjamin, el cura Aguirre entendía de jóvenes griegos y en ese asunto era todo un Platón. «¿Me puedes decir qué significa esto de Platón? —se preguntaban los enemigos del cura en el café—. ¿Tenía Platón un dálmata?». Pero las calumnias cesaron y José Luis Aranguren, llamado por algunos Amarguren, ya había dejado de ser un moralista cenizo y después de fumarse unos porros con los estudiantes en el campus de La Jolla se había traído del exilio la felicidad californiana que impartía Marcuse para convertirse en el intelectual de guardia en Taurus a pleno rendimiento, y en el palacete de la plaza del Marqués de Salamanca comenzaron a entrar y salir Fernando Savater, Juan Benet, Javier Pradera, Juan García Hortelano, Jaime Salinas y los catalanes Gil de Biedma, Carlos Barral y José María Castellet. Nunca se había visto hasta entonces una editorial con perro de lujo incorporado. El dálmata confería a la Escuela de Fráncfort una elegancia inusitada. Se paseaba por los despachos y según una maldad de Aguirre estaba especializado en comerse crudos los manuscritos de Baltasar Porcel. Después Baltasar Porcel se vengó de semejante afrenta escribiendo contra Jesús Aguirre un artículo brutal, sangrante, titulado «Un duque de zarzuela», cuando éste subió a los cielos de la Casa de Alba.

La cultura se había sacudido por fin el yugo de Ortega: el-que-lo-había-dicho-todo-antes-que-Heidegger, según contaba maliciosamente Juan Benet. Martín Santos parodiaba en la tertulia de Gambrinus la famosa conferencia en la que el filósofo analizó una manzana en la mano desde cuatro puntos de vista; después de escribir un libro de éxito, *Naturaleza, Historia, Dios,* que incluso se entendía, Zubiri quedó encerrado en una caja fuerte del Banco Urquijo, pero su presidente Juan Lladó lo sacaba una vez al año para que explicara a unas señoras de la burguesía perfumada en qué consistía la inteligencia sentiente; Aguirre servía a los suyos un martini seco con Adorno y Walter Benjamin como gotas de angostura, en la barra de Taurus, en la tertulia del Parsifal o en el pub de Santa Bárbara.

Aquel día de primavera del difuso 1970, sentado frente a Aguirre, mientras él cerraba unas carpetas antes de hablar, pensé que podía aplicársele el verso de Auden: «La rotura de una taza de té es el camino que lleva al país de los muertos». Tenía cada gesto exactamente estudiado y se le veía pulcro, sobrado, dominador del medio, pero era de esos intelectuales excesivamente cultos que no logran afianzarse del todo en el sillón de mando si antes no se apoyan en una maldad contra un colega que les cae antipático. «Le he pedido un original a este fulano —fue lo primero que me dijo blandiendo en el aire un mazo de folios encuadernado— sólo por el placer de devolvérselo». Y luego se adornó con una cita, que en este caso fue esta máxima de Goethe: «La Iglesia lo debilita todo». La pronunció en alemán y, después de traducirla bien o mal, añadió: «Algunos ya me consideran un hereje». Me dije: he aquí a un

tipo fuera de lo común, vestido como un veranean-
te del Adriático sin ser del todo ridículo, con una
inteligencia que se salva de la pedantería por el cinismo. ¿Será realmente tan culto como parece o será
todo él un simulacro?

Yo tenía entonces una vaga idea del pasado de
Jesús Aguirre. Lo cierto es que en esa época constituía
ya un referente cultural del progresismo religioso de
la sociedad madrileña, amamantador de teología alemana para ovejas selectas descarriadas, lo que le había
merecido ser árbitro en el diálogo entre marxistas y
cristianos con el diplomático Julio Cerón, Aranguren
y Alfonso Carlos Comín, en el que Aguirre hacía de
diablo, pero en ese momento aún debía sobre todo
la fama a su lengua mordaz contra sus enemigos y a
sus sermones en la iglesia de Santo Tomás de Aqui-
no en la Universitaria, que habían dejado admirados a creyentes y agnósticos, gracias a que no se en-
tendían nada, pero parecían muy osados.

Un domingo de mayo de 1962 yo asistí a uno
de ellos. El recuerdo más antiguo que tenía del personaje era aquella misa en latín, que Aguirre celebraba de espaldas a los fieles, a los que sólo daba la cara
en el momento de volverse para emitir el dominus
vobiscum abierto de brazos, cantándolo muy entonado. Prácticamente sólo le recordaba el cogote bien
trasquilado y la coronilla tonsurada, pero el vuelo de
manos y el desparpajo litúrgico con la hostia, el cáliz
y los corporales sobre el altar eran idénticos a los que
ahora usaba sobre la mesa cargada de supuestos libros
de la Escuela de Fráncfort.

Sentado frente a él, después de algunos titubeos de principiante en el oficio, temiendo una respuesta cruel, le manifesté mi proyecto literario. «Quiero escribir un libro sobre Azaña», le dije. Ante mi sorpresa, Jesús Aguirre se mostró casi eufórico. «Éste es el momento preciso para que escribas ese libro. Podría ser una bomba. ¿Por qué quieres hacerlo?» Le dije: «Tengo una amiga republicana que cada 14 de abril entra en erupción. Es la única forma de calmarla». No le sorprendió una respuesta tan cursi e imaginaria. «No escribas nunca por amor», dijo, pero me animó a complacerla. Fue un proyecto frustrado, uno más. Los cuatro tomos de las obras completas de Azaña editadas por la editorial Oasis, que me había traído de un viaje por México, quedaron en un anaquel de mi biblioteca testigos de mi abulia. Estaba en esa época rodeado de aventuras, pasiones, sueños y proyectos nunca realizados. Ésa parecía ser mi especialidad. Después de haber ganado un premio literario pasaba por un periodo de desánimo y Jesús Aguirre comenzó a formar parte de las personas que me habían dado una nueva oportunidad desaprovechada. El recuerdo de esta visita a su despacho no hacía sino acrecentar mi frustración y durante un tiempo hice todo lo posible por rehuir su presencia.

Pero un día me enfrenté de nuevo con Jesús Aguirre en la presentación de su libro *Sermones en España,* editado por Cuadernos para el Diálogo, en la librería Rayuela, de la calle Tutor, en el barrio de Argüelles. Me llevó a remolque una vez más Vicki Lobo, la republicana, recién licenciada en Arqueología, vestida para la ocasión con atuendo específico:

jersey de grano gordo, minifalda escocesa con un gran imperdible, botas altas, pendientes y collares de nueces indígenas. Mi amiga venció mi última resistencia. Quería que renovara ante el editor de Taurus, siendo ella testigo, la promesa de escribir el libro sobre Azaña o cualquier otra cosa que me hiciera recuperar la autoestima.

Las chicas más libres de entonces ya habían dejado de tomar los temas a sus novios que preparaban oposiciones a notarías. Tampoco mataban el tedio de las tardes de domingo con su pareja ante un café con leche en una cafetería a la espera de entrar en un cine de barrio y rendir en la última fila de butacas un homenaje a Onán. A partir del Mayo del 68 iban ya en vaqueros abiertas en el trasportín de las motocicletas de los primeros centauros de la progresía, que habían dado de lado a las oposiciones y comenzaban a agarrar la vida directamente por el rabo y se hicieron cineastas, sociólogos, publicitarios, interioristas e incluso gastrónomos, pero en los primeros años setenta la vanguardia femenina había tomado la iniciativa en los abrevaderos, en las aulas de la facultad, en las carreras delante de los guardias y también en el sexo, hasta el punto de que los más tímidos se protegían juntos en un extremo de la barra de las discotecas temiendo ser asaltados por aquellas guerreras. Vicki era una de ésas. Tenía una belleza lavada, los labios carnosos sin carmín, los ojos negros sin rímel, los senos sin sostén, el alma delicada y fiera al mismo tiempo y sólo olía a jabón Lux, aunque se mordía las uñas y llevaba los dedos manchados de bolígrafo.

La tijera abierta aún la llevaba en el pecho dispuesta a cortar el esqueje de cualquier clase de rosal. No había una causa noble, desprendida, arriesgada e inútil, pero romántica, que no tuviera a Vicki Lobo en primera fila llevando a remolque a los más remisos de la cuadrilla. En esa época no sé si era maoísta, trotskista, de la ORT, del FRAP o todo a la vez. Creo que sólo era una rebelde, una radical contra todo y nada.

La librería Rayuela tenía una sala de exposiciones en la trastienda, repleta en este acto de feministas del estilo de mi amiga, y no sé por qué el cura Aguirre, como entonces se le llamaba, atraía a un público femenino tan entregado. Había dejado de decir misa en la Universitaria y aquel rito lo había sustituido por estos actos culturales casi con la misma liturgia pero con unos fieles distintos, que la policía tomaba como elementos subversivos y a muchos de los cuales tenía fichados. Jesús Aguirre llevaba chaqueta a cuadros y bufanda de seda color lila y estaba detrás de una mesa al fondo, su nuevo altar, con el presentador, un micrófono, un botellín de agua mineral y una copa, su nuevo cáliz, su nueva misa. Los asistentes ocupaban toda la sala, sentados en sillas de tijera, y había oyentes de pie por todos los flancos, entre los que se contaban un par de policías de la Brigada Social y otros con aspecto torvo, a simple vista fuera de contexto.

Jesús Aguirre empezó a contar que su obra recogía una selección de pláticas que había dado durante las misas en la iglesia de la Universitaria. Luego se demoró explicando que el libro había sido retenido por la censura dos años porque estaba dedicado a la memoria de Enrique Ruano, el estudiante de Derecho al que la policía, después de torturar, pegó un tiro y arrojó por una ventana desde un séptimo piso en la calle General Mola simulando una huida. En ese momento se produjo un barullo en la última fila. Un sujeto con gabardina plegada en el antebrazo gritó: «¡Eso es mentira, cura maricón!». Hubo un conato de pelea y gritos de protesta, pero el provocador, lejos de largarse de la sala o de ser expulsado a la fuerza, quedó en pie muy engallado. Recuperada la calma, Aguirre entró en materia de forma alambicada y conceptuosa para hablar de la inmortalidad y la resurrección, de la desesperanza y la violencia, del amor célibe, de la muerte como acto político, y se refirió a un teólogo alemán, amigo y maestro suyo en Múnich, un tal Joseph Ratzinger, que había dicho que una generación debe morir para que renazca otra más avanzada, algo que estaba sucediendo ahora ante nuestros ojos. «¡Una generación de rojos, hijos de puta!», volvió a gritar aquel cabestro de la gabardina. Se armó una pelea verbal considerable e incluso hubo algunos golpes, más insultos, hasta que aquel sujeto abandonó la sala no sin amenazar de muerte al conferenciante. «Sí, señor, a usted y a sus nuevos acólitos», aulló ya desde la calle. Pero Vicki Lobo se había desprendido de mi lado y fue a por él. Le cogió de la solapa y le gritó a la cara: «Te conozco, eres el jefe de esos gilipollas hijos de puta guerrilleros de Cristo Rey que habéis destrozado los grabados de Picasso de la galería Theo y habéis robado dos». Entre varios esbirros la apartaron a patadas. Volvió a la sala con el collar de nueces destrozado y entonces me di cuenta de que era amigo de una leona. Calmada a duras penas la parroquia, el cura Aguirre comenzó a hablar del diablo como comparsa. Esta vez fue la bronca una excusa a la que me acogí para demorar mi proyecto de escribir sobre Azaña.

Aquella noche caminaba con Vicki por la calle Hortaleza, hacia el pub de Santa Bárbara, por una acera muy estrecha donde había un cubo de basura en cada portal. Para que mi amiga no pasara pegada a ellos, tratando de ser delicado, hice que se cambiara de lado y la coloqué a mi izquierda. Lo tomó como una afrenta. Vicki se volvió hacia mí y, tras llamarme machista con sumo despecho, añadió: «Puedo soportar como tú toda la basura que genera cualquier familia cristiana y la puta colza del imperio americano».

El pub de Santa Bárbara era un moderno abrevadero de la calle Fernando VI donde se reunían los primeros modernos barbudos habitantes de la alcantarilla política. A esa hora estaba lleno de progres con patillas de hacha y pantalones de campana, distintas camadas clandestinas de rojos, unificadas por la trenca con trabillas de falsos dientes de jabalí, que compartían abrevaderos en el triángulo que formaba este pub con Boccaccio y Oliver. Escritores alcohólicos, artistas de cine y de teatro, jueces jacobinos, chulos y bohemios comenzaban a atravesar las noches de Malasaña. En el pub de Santa Bárbara, un psicoanalista, discípulo de Castilla del Pino, nos explicaba a Vicki y a mí la forma de tomar LSD con cierta garantía que te permitiera arrojarte por la ventana, levantar el vuelo sobre los tejados, dar la vuelta a la noche de Madrid llena de colores psicodélicos

y aterrizar suavemente en la cama sin ninguna para-
noia. Mientras la penumbra unificaba todos los li-
cores y por encima de mi gin tonic sonaban baladas
aguardentosas de Ray Charles, Otis Redding y los
Beach Boys, de pronto se oyó un griterío en la calle
y poco después comenzaron a cantar algunas sirenas
de la policía. «Los fachas acaban de romper otra vez
el escaparate de la librería Antonio Machado», llegó
diciendo alguien. Los cristales rotos reflejaban en la
oscuridad los nuevos tiempos que se cernían sobre
España. Iluminados por los faros de los furgones de
la policía, pisamos las esquirlas esparcidas por el asfalto y antes de despedirla en el portal de su casa mi
amiga me amenazó: «Si no escribes ese libro, me vas
a perder. Y si lo escribes, haremos un viaje a Egipto a
ver si descubrimos juntos alguna momia». «No es necesario ir a Egipto. Madrid está lleno de momias con
corbata que van por la calle», le dije. Un tiempo después Azaña fue estudiado y presentado de nuevo en
sociedad en España por Juan Marichal y se puso de
moda. Mi proyecto se perdió en la nada. Y la arqueóloga, también.

1965

La palabra sagrada se derrama desde la colina
de la Universitaria y llena de preguntas
el dulce corazón de los agnósticos

Jesús Aguirre había alcanzado la primera cumbre ejerciendo la palabra sagrada con un toque de marxismo cristiano mezclado con la teología cósmica de Teilhard de Chardin. Servía ese cóctel con una labia exquisita, alambicada y conceptuosa en la iglesia de la Universitaria, que algunos llamaban Casa Sopeña, porque era este monseñor quien regentaba esa parroquia, instalada en los locales del museo de América. Los sermones de Aguirre tenían una clientela heterogénea. Algunos fieles sólo iban a misa porque esa iglesia les pillaba cerca, como era el caso del comandante del cuartel Inmemorial que me llevó a mí, pero su grey específica estaba compuesta por estudiantes católicos inconformistas, por ejemplo Enrique Ruano junto con algunos profesores con cargos políticos que querían oírlo predicar en el filo de la navaja para denunciarlo si, llevado por la lengua de fuego, metía la pata; había también hombres maduros de izquierdas que intentaban comprender los nuevos tiempos del Concilio Vaticano, dispuestos a volver a la práctica religiosa con sermones como éstos. Después estaban los amigos del predicador, y por último los frívolos que iban porque estaba de moda oír al padre Aguirre. De hecho, algunos abandonaban el templo en cuanto terminaba la predicación y entonaba el credo; en cambio, otros entraban en la sacristía al final de la misa para felicitarle por el sermón como si se tratara del camerino de un actor al final de una obra de teatro. «Un pico de oro, sí señor, y con un elegante movimiento de brazos», le decía abrazándolo el viejo e ilustre historiador Ramón Carande, que había arrastrado a misa a su discípulo Gonzalo Anes, ambos agnósticos pero prendados por la retórica barroca y sibilina del cura. «Hoy has estado fantástico, Jesús, mucho mejor que el domingo pasado. Más valiente», le decía el profesor Tierno Galván. «¡Torero, torero!», exclamaba el catedrático Maravall, mientras Jesús Aguirre, sudoroso, se despojaba ceremoniosamente de la casulla, de la estola, del alba y el amito, dando un beso a cada una de estas vestiduras; luego se lavaba las manos ante la admiración e impaciencia de sus amigos y se las daba a besar a todos, también a las feligresas, que las había de dos clases, unas con collares de perlas y hablar melifluo, otras de las que se mordían las uñas y soltaban muchos tacos, «joder, cabrón, Jesús, qué bien has estado», pero todas besaban la mano del padre Aguirre con unción y le dejaban en el dorso una leve mancha de carmín. Sobre todo, tenía enamoradas a tres mujeres que jugarían un gran papel en su destino: a Nena Guerra Zunzunegui, la esposa de Alfonso Fierro, que le ayudó a entrar en Taurus como asesor de publicaciones religiosas; a Trini Sánchez Pacheco, mangoneadora del Frente de Liberación Popular, que vestía de forma exorbitante con medias rojas y sombrero malva, y a Mabel Pérez Serrano, hija del famoso catedrático de Derecho Político. Las tres se le cruzaron en momentos delicados de su vida.

Aparte de bien sermoneados, Aguirre tenía arrodillados en su confesonario a universitarios que luego serían prohombres del gobierno socialista y padres de la patria. Alrededor de su sotana campaban los hermanos Solana, los hermanos Bustelo, Miguel Boyer, Nicolás Sartorius, toda la familia Maravall, Peces Barba, Tamames, Fernando Morán, Herrero de Miñón, cualquier componente de la burguesía progresista con sus novias respectivas. A casi todos los ejemplares de la izquierda fina madrileña los había casado, había bautizado a sus hijos, había dado un responso a sus finados y por supuesto conocía con todo pormenor las flaquezas de la carne de cada uno. «Sé muy bien de sus caídas, de sus pecados solitarios y los que cometieron con sus parejas esos personajes, que luego han sido ministros, diputados, altos funcionarios del Estado e incluso banqueros —me dijo cuando ya era duque de Alba—. Pero no olvides, querido, que estoy ligado al secreto de la confesión. No me pidas ahora que te cuente sus miserias. Por otra parte, sus pecados no fueron nada del otro mundo. Te juro que el diablo no estaba orgulloso de ninguno de ellos». Sentado en el interior del confesonario con sotana y estola morada, Jesús Aguirre los tenía ante él de rodillas y los abrazaba, les acariciaba el lóbulo de la oreja y los empujaba con un leve pescozón en la mejilla, a medias caricia y acicate, a vaciar su corazón si se atascaban en algún pecado que solía ser casi siempre contra el sexto mandamiento. Pegados mejilla contra mejilla tuvo a próceres de la política, a señoritos intelectuales, a burguesitas posconciliares liberadas y sus alientos se mezclaban unos transportando culpas y caídas, y otro el consejo y el perdón. Pasados los años, yo contemplaba desde la tribuna de prensa toda la bancada de los socialistas en el hemiciclo del Congreso en las Cortes Constituyentes y Luis Carandell me decía: «A todos estos los ha confesado y casado Jesús Aguirre, pero se ve que su bendición no servía porque todos se han divorciado». Cuando casaba a una amiga embarazada, después de la bendición, le decía: «El amor está por encima de todo». A otras parejas les preguntaba: «¿Cómo queréis que os case?, ¿línea Pío XII o modelo Juan XXIII?». Al final de la ceremonia muchos novios se preguntaban: «¿Tú crees que estamos realmente casados?». El cura les aseguraba que lo importante era celebrarlo con un cochinillo en Botín.

Un domingo de mayo asistí a una de las misas del padre Aguirre para oír la famosa plática. La iglesia, situada en una loma cerca del arco de triunfo de la Moncloa, estaba muy cerca del cuartel Inmemorial, del paseo de Moret, donde yo realizaba las prácticas de alférez de milicias. En el regimiento había un comandante muy caballista con bigote de espadachín, que tenía una novia alemana muy rubia y una yegua que atendía al nombre de Salina. En el comedor del cuartel, recién llegado del picadero, oliendo a establo todavía, este comandante solía repetir que a este mundo se había venido sólo a creer en Dios y a montar a caballo. De hecho, algunos domingos iba a la misa del padre Aguirre montado en su yegua, que dejaba atada a un chopo como los vaqueros del Oeste lo hacen antes de entrar en la cantina. Siempre me animaba a acompañarle. «Iré si me lleva usted en la grupa, mi comandante», le dije bromeando. «Eso está hecho, alférez. Y si no me acompaña usted, le mando al calabozo.» No obstante, el comandante y su novia aquel domingo fueron a misa cabalgando a través del parque del Oeste cada uno en su jaca respectiva y yo fui caminando entre las dos yeguas con la estrella de oficial del Ejército español en la frente.

Allí estaba con la iglesia repleta Jesús Aguirre, revestido con alba, estola y casulla verde bordada con grecas de plata, envuelto en latín, de espaldas a los fieles, muchos de ellos de pie desbordando la entrada. No recuerdo de qué habló en la plática. Me pareció conceptuoso. Daba la sensación de que en medio de la oscuridad de su predicación tocaba alguna materia inflamable que yo no percibía. Puede que fuera peligrosa porque era recibida por el ceño fruncido de algunos fieles, por la sonrisa maliciosa de otros y ciertos murmullos de aprobación al término de alguna frase redonda. A mi lado, un señor de bigote espeso, con calva apostólica perlada de sudor, murmuró: «Este curita se la está jugando, el muy jodido». Imaginé que sería un tipo de la Secreta.

Tiempo después, cuando esa misa era un suceso místico y social donde se daban cita seres muy evanescentes, sucedió un percance que alcanzó la cota máxima de la estética. Al parecer uno de sus amigos predilectos, con quien el cura había establecido una relación particular, lo había abandonado. El neófito había perdido la fe, había dejado la práctica religiosa y había desaparecido de su vida. Hacía casi un año que no se veían y se condolía de su ausencia. Jesús Aguirre ignoraba su paradero, le dijeron que se había ido a París, pero un domingo de primavera en que el cura lo daba por perdido y rememoraba aquel platonismo griego como una amarga dulzura del corazón, el amigo tornó al redil y acudió a misa. Cuando Jesús Aguirre se volvió hacia los fieles para decir dominus vobiscum, de pronto, con los brazos abiertos, vio muy sorprendido a su amigo, que sonreía sentado en la cabecera del primer banco. El cura también le sonrió y, en lugar de decir dominus vobiscum, realizó un silencio muy medido, cinco segundos de eternidad, y después, con los ojos fijos en su amigo recuperado, exclamó: «Bonjour, tristesse». Quién era ese amigo no lo supe hasta unos años más tarde.

1980

Un gabinete del siglo XVIII a salvo de los gritos histéricos y la magia de un retrato en el palacio de Liria

Un domingo de otoño de 1980, cuando a media tarde me dirigía al palacio de Liria, pasaban coches por la calle de la Princesa de Madrid con banderas españolas enarboladas por las ventanillas, bajo el clamor de los megáfonos que expandían consignas patrióticas en el aire. Grupos de neonazis armados con cadenas campaban a sus anchas por la plaza de los Cubos; irrumpían en las cafeterías y ponían algunas mesas patas arriba con todas las meriendas, tazas de cafés con leche, platos con medias tostadas y cruasanes, botellas y cucharillas, por el solo placer de sembrar el terror entre los clientes, en su mayoría parejas apacibles de mediana edad. Otra fracción de estos cachorros engominados también se fajaba con las primeras tribus de la movida, que ya lucían la cabeza con crestas de gallo pintadas de verde o rojo, en la cola de los minicines Alphaville, donde se exhibía la película de Almodóvar *Pepi, Luci, Bom y otras chicas del montón*. Ante mis propios ojos sucedió un hecho brutal. Un yonqui que pedía con voz gangosa cien pesetas para un bocadillo en la puerta del Vips fue apaleado a fondo con bates de béisbol, arrastrado luego por los pies y depositado dentro de un gran tambor de basura del McDonald's junto con los restos de hamburguesas, crocantis, botes de cocacolas y la nueva bollería industrial, dobos, dónuts, conguitos, en cuyos envases se notaba, más que en las ideas, la modernidad recién llegada a este país. Después de la concentración celebrada por la mañana en la plaza de Oriente para conmemorar el quinto aniversario de la muerte de Franco, los patriotas excitados se habían diseminado por la ciudad para reconquistar el nuevo terror y la antigua gloria, que la historia les estaba arrebatando de las manos.

En un piso de la plaza de los Cubos vivía el poeta Rafael Alberti, que en ese tiempo de zozobra andaba siempre con un pequeño transistor abierto en el bolsillo de la solapa, conectado día y noche con la Cadena Ser, por si tenía que huir de nuevo al exilio en caso de que se levantaran los militares, según el rumor cada día más espeso. Conociendo su natural cobardía, pensé en el espanto que sentiría el poeta si llegaban hasta su apartamento las violentas ráfagas de los altavoces. A unos pasos, en la Torre de Madrid, vivía también Luis Buñuel, pero este cineasta era sordo y lo lógico era que no oyera nada.

A salvo ya de los gritos histéricos, llamé al timbre del palacio de Liria y una voz a través del portero automático preguntó quién era yo, una cuestión que siempre he considerado metafísica. Dije mi nombre y los dos apellidos, seguido del número del carné de identidad. Junto a la verja de lanzas doradas, mientras esperaba a que me abrieran la cancela, pasó por mi lado otra reata de falangistas muy jóvenes con camisa azul, aventada por un cojo cincuentón de paisano, bigote de cepillo, gafas negras y algunas muelas de oro. Pese a que había dos policías de carne y hueso guardando la entrada del palacio bajo la pareja de leones mesopotámicos de granito encaramada en las jambas, el cojo se vino hacia mí y señalándome con su bastón, que ejercía como vara de pastor, se dirigió a su ganado con estas palabras: «Mirad, éste es uno de esos progres de mierda». Luego se golpeó la patilla entrecana con la punta de los dedos a modo de saludo paramilitar, seguido de una mueca de orgullo, y habló a los policías con la boca rasgada: «Un día como hoy tengo a los chavales muy nerviosos, puede pasar cualquier cosa», les dijo. «Sujétalos, Rufino, sujétalos bien, no vayamos a joderla otra vez. Lo que tengas que hacer, lejos de aquí», le advirtió uno de los guardias, que, al parecer, sabía su nombre de pila de alguna gloria anterior. El cojo y su recua siguieron camino hacia la plaza de la Moncloa.

En ese momento, desde un mando a distancia se abrió la cancela, cuyos cerrojos eran de alta calidad, de esos que separan dos mundos, dada la forma rotunda con que sonaron. Comencé a caminar por la pradera trasquilada pisando hojas crujientes de álamo que la ventolina de aquella tarde de otoño arrumbaba hacia la fachada neoclásica del palacio de Liria. Mi visita constaba en el orden del día y estaba anunciada para las seis de la tarde. El mayordomo, que supe luego que se llamaba Ángel, adornado con galones verdes, me recibió en la puerta de cristal y bruñidos metales, y me precedió en la escalinata que desde el vestíbulo llevaba a la segunda planta.

El palacio estaba a media luz. A medida que avanzaba por un pasillo en penumbra, tuve la sensación de que el siglo xx iba quedando a mi espalda. Sobre algunas consolas de palosanto brillaban los candelabros y las porcelanas, en medio de un silencio absorbido por el sabor a melaza, que expandían en el aire las alfombras, los tapices y las maderas nobles. En los salones apagados tal vez dormían en las paredes cuadros de Tiziano, de Rubens, de Murillo y de Goya. Así iba quedando atrás la historia de España hasta que el mayordomo dio con los nudillos en una puerta con taraceas de limoncillo que al abrirse me dejó en un gabinete donde estaba Jesús Aguirre, decimoctavo duque de Alba, medio extendido en una cama turca, acompañado del escritor Juan García Hortelano. Aunque Jesús Aguirre no llevaba calzón corto de terciopelo color berenjena ni peluca empolvada como un Diderot cualquiera, sino pantalones de pana fina y jersey rojo semáforo de fancy man, y fumaba un cigarrillo Winston extrafino, por sus maneras parecía un personaje instalado en el siglo XVIII; en cambio, Hortelano fumaba Ducados repantigado en un sofá, con suéter gris de mezclilla, al que faltaba uno de los botones de la tripa, lo cual le confería un aire apaisado, de auténtica y plena actualidad.

A modo de saludo les dije que en la calle los fachas habían montado una buena y que me había salvado de milagro de que unos niñatos de mierda alentados por un cojo llamado Rufino me dieran una paliza. «¡Otra vez Rufino, ese hijo de perra! —exclamó Jesús Aguirre y añadió—: Hoy es mal día para andar por la calle. Lo de siempre. Unos tenderos cabreados, en nombre de la patria, lanzan al asfalto a sus cachorros con la camisa arremangada, como todos los años. Pero si se levantan los militares, como parece, y vienen a por mí, los esperaré en este gabinete leyendo tranquilamente a Ovidio». Y dicho esto, dio una calada al extrafino de Winston e hizo un ademán despectivo sobre su frente como si aventara un mal pensamiento. En todo caso, el gabinete del duque de Alba estaba insonorizado y hasta allí no llegaban los himnos, las marchas militares ni las consignas patrióticas que impartían los altavoces. «Por lo visto, a Adolfo Suárez los militares le han puesto varias veces una pistola en el pecho para que dimita. Pero lo único malo que ha hecho este hombre ha sido no venir a mi boda, a la que le invité personalmente.» En el gabinete de Jesús Aguirre había un óleo de Thomas Gainsborough y en un anaquel de su biblioteca privada estaban los retratos enmarcados en plata de Walter Benjamin, del profesor Aranguren y del joven Enrique Ruano.

Aquella tarde de otoño de 1980, después de muchos avatares de su historia particular, el duque de Alba, con sus dedos largos de ave, su alta cadera cuadrada, sus ojos saltones a los que los lentes daban un aire de libélula intelectual, era un producto cultural lo más alejado posible de la naturaleza, capaz de sobrevolar todas las charcas. Pese a su delgadez de histérico exquisito, podía pasar también por un abate exclaustrado que se hubiera salvado de la guillotina por su labia, y en aquel gabinete, su boudoir privado, que parecía decorado por Boucher, hablaba ya como un volteriano, que en efecto leía a Ovidio, aunque también lo podías imaginar leyendo la revista *Hola* y tenía la gracia de tomar el té con lascivia. Ya no le quedaba ni de lejos ningún vestigio de cura. Sus silogismos escolásticos habían sido sustituidos por las réplicas irónicas, incluso por chismes hirientes, aunque Hortelano, en un momento en que se pasó de malvado, le dijo: «Ándate con cuidado, Jesús, que tú no eres duque de Alba. En realidad sólo has conseguido la beca Alba y si te vas de la lengua y no te portas bien, te la van a quitar».

Entre las docenas de títulos nobiliarios que ostenta la Casa de Alba, Cayetana le había ofrecido la oportunidad de que escogiera el que más le gustara. «Querido —me dijo—, imagino que no te sorprenderá que haya elegido el de conde de Aranda, un ilustrado, un afrancesado enciclopedista, que introdujo la modernidad en España. Pero este título sólo lo uso cuando viajo de incógnito».

Dicho esto, gustándose, Jesús Aguirre encendió otro extrafino de Winston y estiró las piernas en la cama turca envuelto en humo. Entonces me fijé en sus zapatos. Nunca había visto que zapatos de esa clase los calzara nadie en este perro mundo. Tenían el empeine de lonilla color manteca con horma y remaches de cuero marrón arañado y cordones con botonaduras doradas. Estaban elegantemente gastados. Zapatos de esa hechura sólo pudo haberlos llevado algún millonario exquisito de entreguerras en la Promenade des Anglais en Niza, acompañado de una dama con pamela y un caniche en brazos, instalados en el hotel Negresco. Me parecía poco apropiado interesarme en ese momento por el origen del calzado, pero cuando Jesús Aguirre me preguntó si quería contemplar el famoso retrato de Cayetana de Alba, pintado por Goya, o leer la carta autógrafa de Cristóbal Colón y el testamento de

Felipe II o tener en mis manos la primera edición del *Quijote,* que se conservaban en el archivo de la familia, le dije que prefería que me mostrara primero su fondo de armario.

No lo dudó un segundo. Junto con el escritor Juan García Hortelano, le seguí los pasos por varios salones en penumbra, que era como hacer espeleología en la gruta del gran dragón. Desde los óleos de las paredes algunos próceres, que el duque ya había comenzado a interiorizar como sus propios antepasados, tal vez nos acompañaban también con la mirada. En la intimidad de unas estancias privadas había un gran vestidor forrado de caoba. En una tabla al pie de las cajoneras se alineaban varias docenas de zapatos, podían ser cincuenta o cien, entre ellos algunos pares de terciopelo en forma de botines de media caña como los que calzaban los pajes de Lorenzo el Magnífico, en Florencia, según aparecen en el cuadro de Gozzoli *El Cortejo de los Reyes Magos.* Eran los zapatos del padre de Cayetana, que fue embajador en Londres, al que Jesús llamaba su suegro con absoluto desparpajo. Abrió el primer armario y apareció un mono color azul mahón desgastado. «Jacobo, mi suegro, el embajador, era muy elegante. En Londres, durante la guerra, en la embajada cenaba siempre con esmoquin. Cuando empezaba el bombardeo, los famosos V-2, entraba el mayordomo, le ayudaba a quitarse el esmoquin y le ponía este mono de obrero por si se desplomaba el techo, le cubría la cabeza con un casco de acero y seguía cenando como si nada. A veces me visto con este mono para escribir los artículos de *El País.* Un día voy a recibir con él a Javier Pradera y a Juan Benet. También uso los zapatos de mi suegro, aunque algunos me aprietan demasiado porque calzo un número más. No importa», dijo. A continuación abrió otra hoja de un armario y nos mostró un uniforme colgado en la primera palomilla. Era un uniforme de capitán general, de color azul oscuro, con los correspondientes entorchados, las estrellas de cuatro puntas y bastones de mando en las hombreras y en la gorra de plato. «A ver si sabéis a quién pertenecía», preguntó. García Hortelano comentó con ironía que podía ser de Franco, aunque aquel tirano era más corto de talla.

El uniforme pertenecía al rey don Juan Carlos. El duque contó que era tradición de la monarquía española regalar a la Casa de Alba el uniforme que ha llevado el rey en el acto de su coronación o del juramento de la Constitución. Yo lo recordaba perfectamente, puesto que había asistido a aquel acto desde la tribuna de prensa en el Congreso de los Diputados. «¿Lo usas alguna vez, Jesús, en tus delirios de grandeza?», bromeó Hortelano. «Delirios no, querido, lo mío son realidades de grandeza, aunque el Rey es mucho más alto que yo. Puesto a travestirme, elegiría el vestido que lució la reina María Luisa de Parma el día de su boda con Carlos IV», exclamó Jesús Aguirre sacando un vestido de novia de otro armario.

Así lo hicieron en su día las trescientas damas, dueñas, doncellas y criadas que la duquesa de Alba, la primera Cayetana, tenía a su servicio, a las que engalanó con el mismo vestido de la reina para que asistieran a la boda real. Fue un acto de maldad femenina. La rivalidad de la reina María Luisa y la duquesa era muy conocida en la corte de Carlos IV. Durante los preparativos de la boda real, Cayetana pagó espías para enterarse de las galas que iba a lucir la futura reina en la ceremonia nupcial y para humillarla mandó que toda la servidumbre femenina de la Casa de Alba luciera el mismo vestido que la novia. Según Aguirre, una de aquellas copias se conservaba en la guardarropía del palacio de Liria. Imaginé como un esperpento de Valle-Inclán a Jesús Aguirre cruzando los salones en penumbra vestido de reina María Luisa hacia el espacio de cocinas de palacio a altas horas de la noche, y una vez allí, abriendo armarios y haciendo sonar las perolas por si en ellas el jefe de compras había guardado algunas monedas que le habían sobrado al volver del mercado. Ésa era una de las maldades con que solía crucificar al duque el escritor Juan Benet.

En las tertulias de los sábados en el bar Parsifal, de la calle Concha Espina, participaba Jesús Aguirre, antes y después de convertirse en un Alba, con el editor y periodista Javier Pradera, con el magistrado Clemente Auger, con los escritores Juan Benet, García Hortelano, José María Guelbenzu y el cineasta Elías Querejeta. Nadie recordaba nunca que Jesús Aguirre hubiera pagado un café. Juan Benet decía que la duquesa le había asignado una exigua cantidad mensual para tabaco, unas dos mil pesetas, y el resto para sus vicios se lo agenciaba él personalmente rebuscando en las perolas de la cocina el producto de algunas sisas y el dinero reservado para las propinas al chico de la tienda que llegaba con el pedido.

Jesús Aguirre siempre andaba pillado de dinero y siendo duque odiaba que en pago de sus conferencias lo despacharan con una placa de recuerdo, con una bandeja o con una pluma estilográfica. Deseaba ser resarcido con dinero, pero ¿no era humillante ofrecerle unos sucios billetes en un sobre a un duque de Alba? Ninguna casa de cultura, universidad, caja de ahorros o centro de estudios osaba pagarle en metálico y él blasfemaba por lo bajo cuando recibía un presente simbólico al final de la charla. Un día lo llamó el librero y galerista de arte Manuel Arce, viejo amigo de juventud, para dar una conferencia en una institución de Santander. «Manolo, querido —le dijo el duque—, nada de plaquitas esta vez, ¿de acuerdo? Quiero dinero, dinero, dinero». Al final de la charla se le acercó el director del evento y le entregó de nuevo un paquete envuelto con papel de regalo. Maldijo su suerte por lo bajo. Otra mierda de placa, pensó, pero al abrir el envoltorio se encontró con un delicioso dibujo de Riancho, cotizado pintor santanderino del siglo XIX. «Oooh, bellísimo, bellísimo. Lo colgaré en mi gabinete de Liria», exclamó, pero enseguida llamó a Manolo Arce para que lo vendiera en secreto. La galería Sur lo colocó por cuatrocientas cincuenta mil pesetas, que el duque se embolsó, pero no por eso pagó esta vez el café de sus amigos de la tertulia.

Al salir del vestidor, Jesús Aguirre se detuvo ante el cuadro de Goya. Encendió una luz que daba directamente al lienzo y comenzó a explicar con buen vuelo de manos todos los pormenores técnicos de la pintura. Hablaba con la pasión de quien, en verdad, se creía uno de la familia. «Ésta es nuestra famosa María Teresa Cayetana, la de la leyenda. La pintó Goya en 1795. Ella tenía entonces treinta y tres años. Fijaos en la elegancia de esos blancos estampados y en su contraste con los rojos ardientes del fajín. Se la ve triunfante, autoritaria, envuelta en la espesa cabellera negra de la que se sentía tan orgullosa. Con el brazo extendido señala la dedicatoria trazada en el suelo. ¿Es ésta la famosa maja que Goya pintó desnuda? La maja que pintó Goya era una mujer de dieciséis años, y después de analizar las pinturas se comprobó que las fechas no coincidían. Por eso mi suegro sostuvo que la duquesa y la maja no eran la misma persona: ¡nada lo prueba, ni siquiera una carta! Y además, *mon Dieu!*, una diferencia de cuarenta años o más. El pintor ya tenía setenta cuando la conoció y ella estaba entre los veinte y los treinta. ¡Qué horror! Sin embargo, si ahora se le pregunta a mi mujer por su antepasado más querido, contesta que siente gran simpatía por esta Cayetana.»

Simplemente por cortar su parrafada erudita, que sin duda había aprendido en algún libro de arte, le pregunté cómo se llamaba el perrito con el lazo rojo en una pata trasera que aparece a los pies de la duquesa. «Lo ignoro, querido», contestó Jesús Aguirre no sin un deje de desolación, como pillado en falta. «¿No lo sabes? ¿Ni siquiera de qué raza era? ¿Caniche? ¿Grifón? Entonces olvídate de la Escuela de Fráncfort, de Adorno, de Walter Benjamin y ponte a ello. Escribe una tesis doctoral sobre este chucho y si descubres cómo se llamaba y las gracias que hacía, ingresarás en la Academia de Bellas Artes», exclamó

Hortelano soltando una carcajada, y no había terminado de reír cuando se me ocurrió una idea. «Te propongo un negocio —le dije al duque necesitado—. ¿Por qué no llevas este cuadro al Japón, lo expones en un museo o en el vestíbulo de una empresa, en la Sony o en la Toyota, y cobras la entrada? Se formaría una cola de tres kilómetros de nipones. Conozco a un marchante de Tokio. Yo te gestiono el proyecto, das allí una conferencia para difuminar culturalmente el acto y vamos a medias». El duque quedó sorprendido. «¿Lo dices en serio? Un día hablaremos de eso», exclamó relamiéndose como un gato antes de comerse al canario.

La sombra del mayordomo cruzó el salón, se acercó a Jesús Aguirre y le preguntó si no prefería que abriera una de las ventanas que daban a la fachada principal, puesto que, sin duda, el aire olía un poco a cerrado. Se notaba que la duquesa estaba en Las Dueñas, en Sevilla, y desde que se fuera la sala no se había oreado. En efecto, el cúmulo de tapices, óleos, muebles, lámparas y alfombras hacía más pesado el sabor de la riqueza.

Junto con el aire fresco de noviembre, por la ventana llegó hasta el salón principal del palacio el sonido de ambulancias y de furgones de policía formando una algarabía, que se mezclaba con un clamor de bocinas de coches y ráfagas de himnos patrióticos, marchas militares y arengas que a través de los megáfonos no habían dejado de sonar en aquella tarde de otoño. «Jesús, acaba de entrar en tu palacio otra vez el sucio siglo XX con toda su morralla de héroes, que saludan a la romana», dije. Hortelano exclamó:

«¿A la romana? Estos héroes comparten el saludo con la forma de preparar la merluza y los calamares». Jesús Aguirre comentó: «No es normal tanto ruido. Parece como si hubiera pasado alguna desgracia ahí fuera». El mayordomo descorrió un cortinaje: «Señor, he oído algo por la radio, pero no he logrado saber... Creo que han matado a alguien. ¿Desea el señor duque que me entere?», preguntó. «No. Cierre la ventana, Ángel», ordenó Jesús Aguirre.

El salón de palacio volvió a tomar un silencio envasado en el siglo XVIII. En el gabinete privado, ante las miradas de Aranguren, de Walter Benjamin y del joven Enrique Ruano, tomamos un té con pastas, que ciertamente estaban un poco rancias, como correspondía a la alta alcurnia de la casa. Para sacarle de su desánimo le dije a Hortelano que ninguna aristocracia es fidedigna si los pasteles con que obsequia a los invitados no saben un poco a moho, pero él trató de salvarse y pidió un gin tonic y si fuera posible, en caso de que las hubiera en palacio, también unas patatas fritas, marca Lolita, pero en Liria no había patatas fritas esa tarde. Matías Cortés, viejo amigo del duque, decía que siempre que le habían invitado a comer en Liria le habían dado pollo. En uno de esos almuerzos en palacio con Polanco, Pancho Pérez y Pradera, la duquesa dijo a los comensales: «No sé si sabéis que estáis comiendo con el hombre más inteligente de España». Matías Cortés contestó: «Sí, pero este vino está oxidado». Yo pensaba que en eso consistía la verdadera nobleza. Por mi parte echaba de menos que en Liria no hubiera goteras. Un palacio que se precie debe tener goteras. Cuantas más palanganas en los salones, más grandezas de España. Tantos baldes, tantos blasones.

Luego las palabras se fueron dilatando hacia territorios de la memoria. Jesús Aguirre trató primero de desviar la conversación cuando le hablé de aquella ocasión en que en la iglesia de la Universitaria cambió el dominus vobiscum por el bonjour, tristesse. «¿Podemos saber de una vez quién era ese chico?» El duque de Alba no quería hablar del asunto, pero de pronto se levantó de la cama turca, se acercó a la biblioteca, cogió el retrato de Enrique Ruano y pasó la yema del dedo índice delicadamente por el marco de plata y luego la demoró sobre la frente bajo el flequillo de su joven amigo. «Buenos días, tristeza —exclamó el duque y añadió—: Fui su confesor y director espiritual, pese a que ya en ese tiempo me había decidido a dejar el ministerio eclesiástico y el padre Martín Patino me estaba arreglando los papeles con el Vaticano para volver al laicado. Enrique murió cinco días después de hacerse esta foto que le pedían para el servicio militar obligatorio. Tenía veintiún años. Un chico idealista, un dandi, muy atractivo, como veis. Algunos envidiosos decían que era un exhibicionista. No es así. Enrique estudiaba Derecho y pertenecía al Frente de Liberación Nacional, en el que también yo participé. Tres policías de la Brigada Social lo arrojaron por la ventana de un séptimo piso de la calle General Mola, el 20 de enero de 1969. Fue un asesinato. Tres días antes de su muerte, la tarde en que lo apresaron en la plaza de Castilla, había estado conmigo: acababa de salir del piso de soltero que yo tenía en la plaza de María

Guerrero, en El Viso. Lo detuvieron junto con su novia Lola, una chica estupenda que después se casó con Javier Sauquillo, al que asesinaron en el despacho de abogados en Atocha y a ella le dieron un balazo en la mandíbula». El duque dio una honda calada de Winston, que le llegó más abajo del diafragma, y luego quedó callado con el retrato en las manos.

Fue una caída muy sonada en el ambiente de la clandestinidad. Se contaba que a la novia de Ruano la interrogaron en los sótanos de la Dirección General de Seguridad de la Puerta del Sol. Los esbirros se sabían por completo la vida de los dos. A ella la pasearon por todo Madrid para que confesara de dónde eran las llaves que llevaba en el bolsillo, un piso donde guardaban ciertas evidencias, panfletos y un ciclostil. La chica resistió la tortura hasta dar tiempo a que escaparan otros amigos. Se comportó como una heroína. Finalmente ya no pudo aguantar. Después de torturarlo, a Enrique Ruano lo llevaron a ese piso de General Mola. A las tres de la tarde su madre aún logró verlo salir esposado de la Dirección General de Seguridad hacia el registro, se abrazó a él y al ver que no llevaba cazadora le dijo: «Vas a coger frío». A las seis la llamó la policía y le dijo: «Su hijo se ha suicidado».

Corrían muchas versiones de este suceso. En el atestado no constaba que al cadáver le habían serrado una clavícula que habría sido determinante para el esclarecimiento de los hechos. Esa lesión provocada por un objeto cilíndrico cónico, una bala, era incompatible con la caída, pero alguien había hecho desaparecer el hueso. No se hicieron pruebas de balística. El atestado sólo decía que el cadáver estaba boca arriba, con los brazos encogidos, las piernas flexionadas y un charco de sangre a la altura de la cabeza en el lado derecho. Estaba vestido con ropa interior blanca, jersey azul oscuro, pantalón gris, calcetines verdes y zapatos marrones. Se prohibió publicar una esquela. Lo peor sucedió al día siguiente, cuando el *ABC* sacó en primera página un supuesto diario de Enrique Ruano en el que expresaba intenciones suicidas. Eran fragmentos manipulados de una carta a su psiquiatra Castilla del Pino. El franquismo mantuvo que se había suicidado, que en un descuido había conseguido zafarse de los tres agentes armados sin que ninguno lograra contenerle y se había arrojado por la ventana.

Fue un crimen simbólico. Enrique pertenecía a una clase acomodada, su padre era procurador, vivía en un piso confortable del barrio de Salamanca y era la primera vez que el franquismo mataba a un hijo de vencedores de la guerra que se había puesto del lado de los vencidos. Aquellos padres de derechas que hicieron la guerra con Franco y que, tal vez, fueron a la División Azul engendraron algunos hijos rebeldes e idealistas, que en la universidad se enfrentaban a los guardias en una larga pelea contra la dictadura. En la década de los sesenta, entre las dos generaciones se estableció un abismo infranqueable. En la mesa, ante el plato de sopa, si se hablaba de política, se producían discusiones acaloradas. Poco a poco el padre de derechas y el hijo de izquierdas se convirtieron en dos desconocidos, pero entonces a los hijos, y mucho menos a las hijas, no se les ocurría irse de casa. Realmente la clandestinidad empezaba por el propio hogar. El estudiante volvía de la facultad, donde había participado en una asamblea revolucionaria, y al llegar a casa se estrellaba de nuevo contra el orden establecido. A la hora del almuerzo el padre aún bendecía los alimentos que les había regalado el Señor, cuando los vástagos ya eran ateos. Estas dos generaciones usaban las mismas palabras para expresar cosas distintas. Al final ya no tenían nada que decirse y, en el mejor de los casos, se impuso entre ellas un silencio pactado hasta que cada una se disolvió por su cuenta. Algunos jóvenes comunistas eran hijos de generales e incluso de ministros del régimen. Así era Enrique Ruano. Por eso su muerte causó tanta conmoción en la universidad, en la Iglesia y en ciertas capas de la burguesía. «Lo quisieron presentar como un pobre chico manipulado por las fuerzas del mal, los comunistas —dijo el duque—. En aquella época era frecuente ir al psiquiatra. Una tarde estábamos juntos en el mesón de Fuencarral ante una puesta de sol y después de un largo silencio exclamó: "¡Cuánto tarda en morir el día!". Nos unía el amor a Mozart. Sus padres no comprendieron nada. Su asesinato marcó una línea divisoria del régimen de Franco». Jesús Aguirre, duque de Alba, dejó el retrato de Enrique Ruano sobre el anaquel de la biblioteca y volvió a murmurar: bonjour, tristesse, como si oficiara un acto litúrgico.

Aquella tarde en el palacio de Liria le pregunté en qué fecha exacta dejó de ser cura. No supo o no quiso contestar, pero dijo: «Cuando mis amigos me hacían esta pregunta yo les decía: el día en que deje de ser cura os lo haré saber con un tarjetón adornado con grecas doradas». Supuse que al menos recordaría cuál había sido su última misa o acto como sacerdote. Tampoco lo recordaba. Tal vez fue el responso que dio a la hija de su secretaria Maripi, que murió en la clínica de la Concepción. En ese momento salió de la editorial con sotana. Luego ya pidió una sotana prestada para casar a Matías Cortés y a Fernando Savater y para bautizar a cualquiera de los hijos de sus amigos. En el proceso de secularización, Matías Cortés tuvo que ir de testigo a la curia de la calle Bailén. En su declaración dejó constancia de que Aguirre había abandonado de hecho el oficio, ni decía misa, ni predicaba, ni bautizaba, ni bendecía siquiera la mesa, ni daba de comulgar, ni rezaba y que se pasaba la mayor parte de la noche con sus amigos comunistas discutiendo de política en el pub de Santa Bárbara. Había que ser sutil en el testimonio y no exagerar porque si los testigos lo hubieran contado todo, además de arrancarle de cuajo el ministerio, le habrían excomulgado y condenado públicamente a las tinieblas exteriores.

Juan García Hortelano le hizo memoria. Su último acto como ministro del Señor fue cuando apareció un copón de oro lleno de hostias debajo de una cama en el piso del escritor Gonzalo Torrente Ballester, en la avenida de los Toreros. «Tal vez —comentó el duque— yo viví aquella escena ya como una parodia». En ese momento sonó el teléfono en palacio y entró el mayordomo diciendo que le llamaba el duque de Arión. Jesús Aguirre salió del gabinete para hablar. Con un gesto dio a entender que nuestra visita había terminado. Hortelano le preguntó si se verían al día siguiente en un acto del diario *El País*. «Lo siento. Mañana parto para el Milanesado», contestó el duque.

A la salida de Liria, García Hortelano me pidió que le acompañara a casa. Vivía cerca, en el barrio de Argüelles. Mientras abandonábamos los sucesivos salones y cruzábamos la pradera de palacio, el escritor comenzó a contarme la historia. ¿Cómo fue a parar un copón de oro junto con dos candelabros de plata bajo una cama del piso de Torrente Ballester? Fue sencillamente un milagro que quedó sin resolver, porque a la salida del palacio de Liria había un control de policía con varios furgones en los que destellaban las linternas de cobalto y allí supimos que habían matado a un general y muy cerca de nosotros surgió de la oscuridad un grupo de jóvenes que arrojó un cóctel molotov sobre el escaparate de una agencia de viajes de la calle Princesa. «Mañana parte el duque para el Milanesado, ¿qué crees que va a hacer allí nuestro amigo?», pregunté a Hortelano bajo el resplandor del fuego. «Cualquiera sabe —exclamó el escritor—. Aguirre va ahora de palacio en palacio. En Milán, en Sevilla, en Salamanca, en San Sebastián, en Marbella, en Ibiza y en todas sus mansiones, entre alfombras, óleos, escalinatas, jardines y salones, ejerce su aristocracia como una liturgia sacerdotal, como si supiera de niño que estaba predestinado a ser duque de Alba, en caso de no haber podido ser cardenal o Papa. Ahora su obsesión es que la duquesa le compre un palacio en

Venecia. Le da una tabarra enorme por este capricho. No sé si lo conseguirá».

En 1980 Jesús Aguirre teóricamente tenía cuarenta y seis años o tal vez tenía cincuenta. En algún registro de Madrid deberá constar la fecha exacta de su llegada a este mundo porque él pidió una vez copia certificada de su partida de nacimiento para sacar el pasaporte, pero el duque la manejó a su antojo. Está escrita con tinta de calamar. Aunque en su biografía oficial consta que nació en 1934, el secreto de este personaje, que fue producto de un amor ciego, consiste en que desde niño supo tirar los dados de forma que siempre cayeran en la séptima cara, en la que sólo se reflejaba la suya.

1931

*Nace un niño en Madrid sin una sola señal
en el cielo, ni con el cero en la frente de los
predestinados, sólo con iniciales inciertas
bordadas en hilo rojo de seda*

Hacia el final de un incierto junio de un incierto año del siglo pasado en que estaba germinando la Segunda República, una chica soltera, muy coqueta, de Santander, llamada Carmen Aguirre y Ortiz de Zárate había quedado embarazada. La chica solía ir siempre acicalada en exceso desde muy joven, las pestañas con mucho rímel, los labios con un carmín pimentón, colorete violento en las mejillas y el hecho de que le gustara vestir con muchos perifollos y las ballenas del corsé muy apretadas le había servido para ocultar su estado de gravidez hasta poco antes de salir de cuentas. Llegado el momento, para alejarla de las malas lenguas, su hermano Ramón, juez de Villaviciosa, se la llevó a Madrid a casa de Jesús, otro de sus hermanos, general de Ingenieros, que vivía en la calle Zurbano. Después de algunos conciliábulos decidieron aposentarla en un hotel cercano hasta el momento del parto.

Aquí empieza el misterio que regirá la doble o triple vida de Jesús Aguirre. El decimoctavo duque de Alba pudo nacer en casa del hermano militar con ayuda de una comadrona de fortuna, pero lo lógico es que Carmen diera a luz en la maternidad del hospital de la Beneficencia de la calle O'Donell, acogida por unas monjas hechas a este menester que luego entregaban la criatura a la inclusa o la daban en adopción. Así sucedía en aquel tiempo con los partos clandestinos de chicas solteras descarriadas, señoritas de buena familia que habían tenido un desliz amoroso o simplemente con las criadas de los pueblos embarazadas por el cura, por el señorito o por un casado en un pajar, que iban a parir a la ciudad y que por regla general se quedaban a ejercer la prostitución como carne fresca en el barrio chino.

La madre del futuro duque de Alba, una chica visceral, elegante, orgullosa, con sueños de desayunos con champán y de lengua hiriente que heredaría su hijo, no quiso entregarlo a la inclusa, pero trató de ocultar su maternidad a los padres, don Ramón, director de Aduanas, y doña Jesusa, señora altiva con bastón de empuñadura de plata, una familia muy formal de la burguesía provinciana, acostumbrada al orden en las cosas. En aquella sociedad cerrada todo el mundo conocía la historia de cada apellido y la primera obligación consistía en no mancharlo. Para evitar el escándalo, una amiga íntima de Carmen, de origen humilde, llamada Alejandra, maestra de escuela, se prestó a servirle de tapadera. Escondieron al niño en casa de un matrimonio conocido en el pueblo de Entrambasaguas y le buscaron una nodriza pasiega para que lo amamantara. En el primer momento la madre se hacía pasar por tía carnal cuando iba con su amiga a visitarlo.

A veces traían al niño a Santander. En medio de las convulsiones políticas que acompañaron al parto de la República, esta familia respetable, que vivía en un piso con mirador y de buen portal de la calle Bonifaz, número 5, al final comenzó a sospechar que su hija soltera, la primogénita, fuera la madre de esta criatura que nadie sabía de dónde había salido. «Pero este niño ¿de quién es?», preguntó doña Jesusa señalando despectivamente al bebé con su bastón. «Lo recogí en el muelle de Puerto Chico, madre. Estaba llorando. Lo habrá abandonado alguien que se fue en un barco huyendo de la guerra. Yo le voy a dar mis apellidos», contestó su hija. Doña Jesusa siempre creyó que aquel niño era hijo de la revolución de Asturias.

No hubo ninguna señal en el cielo cuando nació Jesús. Ni el niño dejó de mamar los viernes como hacían los que iban para santos, ni vino al mundo con una marca especial en la nalga izquierda como los malditos que han sido arrojados del Paraíso, ni con un signo en la frente, el cero entre las cejas de los profetas o iluminados. Era simplemente un hijo natural que Alejandra y Carmen Aguirre paseaban a medias por las aceras del paseo Pereda o llevaban a tomar el aire bajo una sombrilla a Puerto Chico o a poner los pies en el agua en la playa del Sardinero ese mismo verano. El escándalo de una madre soltera en los años republicanos en cierto modo estaba a cubierto gracias a la agitación social seguida de toda clase de violencia y malos presagios que se había apoderado de España. La ley del divorcio de 1932 pudo enmascarar la ausencia del padre, si es que el niño nació en 1930 y no cuatro años después como consta en su biografía oficial. Jesús Aguirre se quitaba años y esa coquetería fue su primera máscara. Lo cierto es que Carmen Aguirre y su amiga Alejandra habían montado a medias un parvulario en un bajo de la calle del Sol, número 4, y allí iba el niño cogido de la mano de una niña llamada Teresita, su primera compañera, nacida en 1929, y juntos jugaron al corro de la patata.

Mientras el niño abría los ojos a la vida, por todo el país se estaba extendiendo una huelga general. Los mineros del norte, incluidos los de Santander, habían comenzado una lucha heroica. Ese verano de 1934, mientras Jesús Aguirre hacía las primeras gracias, el pueblo se preparaba para la revolución, cuyo alumbramiento fue la insurrección de los mineros en Asturias en el mes de octubre. El general Franco, desde el Alto Estado Mayor del Ejército de Tierra, había mandado a la cuenca minera al general López Ochoa con dos tabores del Tercio de Regulares de África compuestos de tropas moras para reprimir con la máxima dureza el levantamiento. Si don Pelayo había conseguido que los árabes, en su invasión del territorio español durante ocho siglos, no hollaran aquel rincón del mapa, el único que quedó a salvo de la victoria sarracena en toda la Península, el general Franco se encargó de que los moros traídos expresamente de Marruecos pisaran Asturias y llegaran hasta Covadonga para matar españoles. Poco podían hacer los mineros contra la crueldad del ejército que entró a sangre y fuego en aquel paraje hasta el asalto de Oviedo. Los mineros cargaban de dinamita a un humilde pollino y lo mandaban a las trincheras del enemigo.

El burro explosivo fue el arma imaginativa de la que hablaban los periódicos en toda España, mientras a un niño llamado a ocupar un alto destino en la sociedad Carmen y Alejandra lo vestían de niña, con falditas de encajes y lacitos rosas en el pelo y zapatitos de charol. ¿Quién será el padre de esta linda criatura, que habla tan redicho como Jesús entre los doctores del templo?, se preguntaban en la playa algunas lenguas maliciosas. Las mujeres tenían la respuesta preparada: el padre era un militar que esos días estaba en Asturias defendiendo el orden constituido frente al levantamiento socialista en la cuenca minera.

Fueron miles los muertos y heridos, la mayoría paisanos, que produjo la sublevación de Asturias el año en que nació oficialmente este ser privilegiado y más de cuarenta mil los insurgentes que llenaron las cárceles y penitenciarías de España. La paternidad de Jesús Aguirre quedó sumergida en aquella tormenta social, que dos años después acabaría en una guerra civil.

Al final de la contienda hubo un momento en que Carmen ya no pudo ocultar la afrenta de madre soltera, por mucho desparpajo que le echara, a las lenguas malignas y decidió asumir todas las consecuencias. En secreto comenzó a bordar la ropa del niño con tres iniciales, JPA, que respondían al nombre y apellidos de Jesús Prats Aguirre. Ángel Prats era un guapo militar catalán, muy galanteador, que había embarazado a la chica, pero ella estaba segura de que un día se casarían, como le había prometido. Por eso bordaba la inicial de su novio y cada puntada que daba con esa aguja sobre la ropa del niño era como si el hilo de seda lo pasara por su corazón destrozado por aquel amor loco que había desaparecido.

Un día le pregunté al duque de Alba por el primer recuerdo que guardaba de su llegada a este mundo. «Antes que nada —me dijo— fueron las palabras de un soldado que hablaba del general López Ochoa y luego el sonido de las sirenas, las carreras hasta el refugio antiaéreo. En un pueblo de Entrambasaguas en el que me crié de niño durante la guerra una madrugada se estropeó un camión de aprovisionamiento del Ejército de la República. Los milicianos lo intentaban arreglar, pero ante la proximidad del enemigo optaron por huir y abandonaron el vehículo delante de nuestra casa cargado con botes de leche, carnes enlatadas, sardinas, sacos de pan, todo un festín para gente hambrienta. Comenzó el desguace, ayudados por una monja esperpéntica, que solía repetir en la iglesia mientras sacaba brillo al sagrario: "No pasarán, no pasarán". Del camión sólo quedó el esqueleto. Aquella pobre gente famélica se abatía sobre las viandas con la misma furia con que ahora los ejecutivos, los banqueros y los burgueses se precipitan como gallinas sobre el bufet en cualquier fiesta elegante de Marbella. Poco después oí contar que en Madrid el general López Ochoa fue capturado por unos milicianos en un hospital de Madrid donde se había refugiado. Lo montaron en un camión hacia las afueras de Carabanchel para fusilarlo en un desmonte, pero durante el camino alguno de sus captores tuvo prisa y se precipitó sobre su cuello con un sable y le separó la cabeza del cuerpo de un tajo y luego fue exhibida clavada en lo alto de una pica».

Terminada la guerra, Carmen Aguirre, por influencia de su hermano Jesús, ascendido a general de división, se empleó en las oficinas de la papelera Sniace de Torrelavega como secretaria del director de la empresa, Eugenio Calderón, amigo de Franco, quien en adelante protegería al niño y le pagaría sucesivas becas de estudio. La madre se quedó a vivir en Torrelavega, en un piso adornado como un boudoir de madama, y dejó a su hijo en Santander al cuidado de los abuelos. El futuro duque de Alba creció jugando con sus primos a las canicas y a las chapas en cualquier plazoleta cerca de la casa de la calle Bonifaz, 5, mientras se preparaba para tomar la primera comunión embutiéndose de memoria todos los dogmas del catecismo. Eran tiempos de desolación, de hambre canina remediada con boniatos y pan de serrín, de terror por las delaciones y represalias, de venganzas privadas, de fusilamientos metódicos de rojos en las tapias de los cementerios. A este horror se sumó también un estrago de la naturaleza. En la madrugada del 16 de febrero de 1941, cuando Jesús iba a cumplir siete u once años, nadie sabe, ¿por qué hablar de los seres divinos?, la mente del niño fue iluminada por un cúmulo de potentísimas y devastadoras llamas. Su inconsciente ya no pudo evadirse de aquel resplandor del infierno. Favorecido por un viento sur de 140 kilómetros por hora, un cortocircuito, que se produjo en el número 5 de la calle Cádiz, convirtió en cenizas el antiguo casco amurallado de la ciudad de Santander. Jesús Aguirre conservó siempre en su memoria la imagen fantasmagórica de la catedral castigada por el fuego como una forma de la ira de Dios. «La iglesia sólo ilumina cuando arde», me dijo el duque de Alba.

Sobre aquellas cenizas Jesús Aguirre preparó el ingreso de bachillerato mientras Jorge Sepúlveda cantaba *Santander,* una canción que venía a echar bálsamo a las heridas del fuego. En los discos dedicados de radio Andorra sonaba mucho *Tatuaje* o *La Lirio,* de Concha Piquer. Con estas coplas de fondo y otros boleros de letras aciagas o amorosas que llenaban las gargantas de las mujeres mientras tendían ropa en las azoteas, el niño ingresó en el colegio Lasalle con una beca pagada por la papelera Sniace y cuando todavía llevaba la ropa bordada con la P del apellido paterno.

Nadie sabría hoy responder qué pensaba este niño Jesús de su llegada a este mundo. La sombra de la bastardía comenzaba a acompañarle, lo mismo en las aulas que en los juegos de la calle, aunque el niño no lograba descifrar el motivo de la doble mirada, una compasiva y otra ominosa, de las madres de sus compañeros. Sentirse extraño y distinto desde la infancia lo inició por un camino que en muchos casos, si no es una senda del todo descarriada, acaba produciendo genios, artistas, poetas y escritores, gente más o menos rara.

No obstante, el niño cuyo primer apellido empezaba por una misteriosa P, bordada en rojo, crecía en gracia delante de Dios y de los hombres con un desparpajo que dejaba admirados a los doctores como el otro Niño Jesús en el templo, sólo que en este caso los doctores eran su abuelo Ramón, director de Aduanas, su abuela Jesusa, la del bastón con empuñadura de plata, herencia de un hipotético estanciero cubano, y sus tíos carnales María, Ramón, Jesús y Emilio, hermanos de su madre, una mujer cada día más acicalada, perfumada y posesiva de su vástago desamparado.

Jesús Aguirre alcanzó el libre albedrío entre los escombros de la guerra civil, rodeado de señoritas del Auxilio Social con uniforme blanco que repartían lentejas a los menesterosos. Antes de iniciar las clases cada mañana cantaba el *Cara al sol* y *Prietas las filas,* brazo en alto con la mano llena de sabañones, que también anidaban en el filo de las orejas. El profesor de Espíritu Nacional tenía un divieso en el pescuezo, algo que el duque de Alba no pudo olvidar nunca. El niño pertenecía a una familia del bando vencedor en la guerra, pero ignoraba si su padre había sido vencido. Sus héroes estaban en los tebeos. Puede que Jesús Aguirre se creyera él mismo por derecho propio el Hombre Enmascarado.

Creció entre misas, procesiones, concentraciones de Acción Católica, campamentos del Frente de Juventudes y cuerdas de mendigos que rondaban por los caminos. En los bailes de los pueblos las orquestinas atacaban primero los pasodobles *España cañí, Francisco Alegre* y *El gato montés,* pero de pronto el vocalista se ponía meloso y entonaba *Mira que eres linda,* de Machín, y las chicas decentes clavaban el codo en el esternón del chico para marcar la distancia, pero otras comenzaban a soñar y relajaban un poco la carne sobre el cuerpo del novio con el que se iban a casar muy pronto. Sin duda esto fue lo que le pasó a mi madre, pensaría muchos años después el duque de Alba cuando recorría los salones de palacio con la memoria perdida.

Jesús Aguirre fue bien recibido esta vez en el colegio Lasalle, el de los hermanos del babero, para estudiar el bachillerato. Aprobado el ingreso con el aplauso de familias y superiores, la abuela Jesusa, que ya comenzaba a sentirse orgullosa de las réplicas inteligentes de su nieto, comenzó a bordar las iniciales del niño en el bolsillo de la tetilla izquierda de los guardapolvos a rayas con cuello y cinturón azul. Bordaba con seda roja la P del primer apellido en toda la ropa del niño bajo el ruego imperioso de su hija, pero la señora ya hacía tiempo que había dejado de creer que el adulterio sería reparado para que ella pudiera pasearse por Santander con la cabeza bien alta. En todas las listas del colegio se le nombraba Aguirre y ése fue el motivo de las primeras bromas crueles en el recreo.

Entre las gracias de Jesús, la más notable fue su voz de contralto bien educada, un don que le permitió formar parte de la escolanía. Se enganchó a la música. Se sumó a las lecciones de piano que una profesora particular le daba en casa a un condiscípulo. Su madre quería educarlo en el refinamiento. «Sólo puedo decir que todo lo que aprendí de sensibilidad, de literatura, de música, lo aprendí en mi casa, fundamentalmente de mi madre.» Sacaba las mejores notas del curso y era el primero de la clase, pero un día aciago en el patio del colegio, siendo ya un chaval con la primera pelusilla en el bigote, un compañero rufián lo llamó hijo de puta. Ese insulto solía estar desprovisto de malicia, a veces era incluso un elogio, y se decía contra cualquiera en un momento de ira o de camaradería, pero esta vez, más que el insulto le hirió el coro de risas malvadas que lo acompañó.

Comenzó a sentirse distinto y como reacción se refugió en sí mismo con largos periodos de enclaustramiento. Mucha lectura en la mesa camilla bajo el flexo y, de cena, siempre verduras, ésa era la receta de nuestro héroe. Mientras los demás alumnos jugaban, gritaban, daban patadas al balón, saltaban, se perseguían y terminaban la media hora de asueto completamente sudados jadeando, él cuchicheaba en un rincón del patio con un compañero de clase que le fuera propicio como si compartieran un secreto prolongado después con sospechosas miradas y risitas cuando formaban filas para volver al estudio. Esas amistades particulares estaban muy mal vistas por los superiores del colegio y fue advertido por el prefecto. Era la primera vez.

Este afán por ser aceptado y querido lo unió al deseo de escapar. Leía alguna que otra novela de aventuras, que desataba la parte más noble de la imaginación. Julio Verne, Salgari, *Los cuentos de oro*, *Simbad el marino*, eran sus lecturas preferidas, que se prolongaron durante las vacaciones de verano con *Jeromín*, del padre Coloma; *La pimpinela escarlata*, de la baronesa Orczy; *Quo Vadis*, del polaco Sienkiewicz; *Energía y pureza*, de monseñor Tihamer Toth; *Fabiola*, del cardenal Wiseman; *Cuerpos y almas*, de Maxence van der Meersch; *Historia de Cristo*, de Papini. Un día, en la biblioteca abandonada de un tío suyo exiliado descubrió un libro de aforismos de

Goethe, editado por la Residencia de Estudiantes. Al abrirlo tuvo por primera vez la sensación morbosa de lo prohibido, que le excitaba la inteligencia, y ya nunca abandonó esa inclinación. Alguien le llamó pedante porque había adoptado a ese autor como su guía en las conversaciones de sobremesa. Ese insulto lo siguió llevando a cuestas el resto de su vida.

Por ese tiempo, mientras descubría el primer placer de la mente, Jesús Aguirre vio que en su ropa marcada había desaparecido la P misteriosa. Sus preguntas no fueron respondidas, pero el muchacho era bastante despierto como para saber en qué consistía el secreto acerca de su llegada a este mundo. Su madre acabó por aceptar que su amante no cumpliría nunca la promesa de regularizar su matrimonio. La sospecha se había confirmado. El militar Prats que se había hecho pasar por soltero para enamorar a Carmen era, en realidad, un hombre casado con tres o cuatro hijos. Al ser descubierto prometió reconocer a su hijo, pero en aquellos años esto era prácticamente imposible. Jesús Aguirre era un hijo natural, sólo eso y nada más, ante la Iglesia y el registro civil.

La lectura de dos novelas en plena pubertad le ayudó a disolver el trauma en el inconsciente. Jeromín, hijo bastardo del emperador Carlos V, educado durante la infancia por una familia en el poblachón de Leganés, cumplirá su alto destino por la persona que es y no por su origen. El emperador lo reclamó cuando al final de su vida estaba recluido en el monasterio de Yuste y Jeromín se abrió paso por su inteligencia, sagacidad y elegancia en medio de la azarosa corte de su hermano Felipe II hasta ser reconocido como don Juan de Austria y nombrado capitán de la Armada contra los turcos en la batalla de Lepanto.

Bajo la máscara de Pimpinela Escarlata se movía el dandi Sir Percy Blakeney, miembro de la aristocracia inglesa, con todas las características de la doble personalidad, un justiciero que rescataba de la guillotina a muchos nobles en medio del Terror de la Revolución Francesa y los ponía a salvo en Inglaterra. Los ardores de la pubertad rebajaron el rango de las lecturas. Ahí estaban los engendros de Vicki Baum y Lajos Zilahy. Aguirre siempre recordaría la primera pulsión sexual misteriosa que obtuvo de un oscuro relato que leyó en un folleto adquirido en un puesto de periódicos y de libros usados de la estación de Santander. Formaba parte de una novela de Dostoievski, era la confesión de Stavroguin, en la que describe con pormenor un estupro. Ese delito pecaminoso y carnal que se cometía con mujeres menores de quince años le llenó de un prolongado desasosiego, al tiempo que comenzaba a despertarse el fantasma de la sexualidad con su prima Mariluz. Pero siempre volvía a Goethe para purificarse y sobreponer su inteligencia ante los demás con una cita aprendida de memoria.

Jesús Aguirre tomó contacto con la vida intelectual de Santander en 1951 a través del grupo Proel, una revista que el gobernador civil Reguera Sevilla, hombre ilustrado, editaba gracias al impuesto sobre las vacas. Allí publicaban versos Pepe Hierro, Julio

Maruri, Carlos Salomón y muy especialmente escribía Ricardo Gullón, cuya amistad fue muy importante para el protagonista de esta historia. A través del grupo Proel descubrió Jesús Aguirre a la generación del 27, en especial a Pedro Salinas. La poesía le abrió las carnes y una fuerza desconocida le hacía correr por las calles recitando versos en voz alta contra el viento.

De Goethe pasó a Eugenio d'Ors, a Unamuno, a Pío Baroja, a Ortega. La pedantería era su levita preferida. Compraba libros en la librería Sur de Manuel Arce y en la Hispano-Argentina de Pancho Pérez González, unos nombres que irían unidos a su vida, antes de que nuestro héroe alcanzara la cima de la aristocracia. Durante el bachillerato en el colegio Lasalle escribía versos eróticos, que destruía después de leerlos en secreto a algunos compañeros. Él sabía que debía afirmar su personalidad mediante la inteligencia. Necesitaba desarrollarla sobremanera para ocultar la oscuridad de un origen incierto. Terminó el bachillerato con premio extraordinario en el examen de Estado, que realizó en 1951 en la Universidad de Oviedo.

1950

*En España, bajo el olor a sardina, el héroe
es elegido para una alta misión, mientras
los poetas líricos del régimen duermen con
una pistola bajo la almohada*

Cuando toda España olía a sardina entre clérigos, militares, lentejas y Concha Piquer, y en los descampados se lamían mutuamente las heridas los perros famélicos y los mutilados de guerra, por la calle Sacramento de Madrid, a la sombra de viejos palacios, se pavoneaba de noche Eugenio d'Ors con correajes, un águila bicéfala en la hebilla del cincho, boina colorada con borla hasta la oreja y otros abalorios franquistas como un orondo fantasma. De regreso de Argentina, Ortega y Gasset se había exiliado voluntariamente en Portugal, donde imperaba Salazar, otro férreo dictador, un hecho que dejó descolocados a sus incondicionales y sumergidos seguidores. Los intelectuales del régimen e incluso los poetas líricos dormían con las polainas puestas y la pistola bajo la almohada por si había que levantarse otra vez a matar rojos. En aquel Madrid desolado de adoquines y raíles de tranvía, los señoritos calaveras con esmoquin y bufanda blanca iban a bailar a Pasapoga y cada tronco de acacia tenía un mendigo o un policía de la Secreta apoyado. Cualquier deseo administrativo, excepto el de acostarse con Ava Gardner en el hotel Hilton, necesitaba estar sellado con timbre móvil y dos pólizas.

En medio de aquella España con olor a amoniaco de urinario público, resulta que Jesús Aguirre no quería ser como los demás. Podía haber encauzado su talento hacia las musas o haber sido acogido por la diosa de la Justicia o tal vez por el amor a la ciencia, pero había decidido dar un paso adelante para desprenderse de la clase subalterna y fue él quien a la hora de pensar en el futuro marcó su destino y eligió consagrarse a Dios.

El seminario pontificio de Comillas se levantaba como una poderosa fábrica clerical, regida por jesuitas en lo alto del monte de La Cardosa, rodeado de un parque de árboles centenarios, y hasta el interior de sus paredones, erigidos por arquitectos catalanes a expensas de un marqués que según las malas lenguas había sido negrero, iban llegando alumnos de todos los pueblos, unos con vocación religiosa y otros porque el patrimonio familiar no les permitía otra educación en colegios de pago con una salida civil.

Aguirre fue un seminarista de vocación tardía. Su madre lo llevó a un sastre especializado para que le tomara medidas para una sotana, un alzacuello de baquelita y una sobrepelliz con puntillas en el vuelo y en las bocamangas. Gracias a otra beca del director de la papelera Sniace, de ocho mil pesetas, el mes de octubre de 1951 entró Jesús Aguirre por la puerta del seminario de Comillas cargado con una maleta de cantoneras metálicas. Llevaba en ella mudas interiores, camisas, camisetas, zapatos y calcetines negros y un misal también negro con cantos rojos y una cruz dorada grabada en la tapa y una Biblia traducida por Nácar-Colunga. Atravesó el enfático portal de azulejos azules con un gran escudo papal y las siglas

JHS que se abría al pie de la colina junto a la clásica palmera de indiano. Al ascender por la pradera había vislumbrado entre las copas de los falsos plátanos la crestería neogótico-mudéjar del edificio construido en 1892. Le recibió con la sonrisa abierta en lo alto de la escalinata el padre prefecto. En el vestíbulo pisó el mosaico que representaba un león con trece garras, en honor a ese papa León XIII que había fundado el seminario, y siguió a su superior hasta la nave del dormitorio, donde había varias hileras de camas separadas por un panel, cada una con un taquillón, donde el neófito dejó sus enseres en medio de un revuelo de sotanas de quienes en adelante serían sus compañeros. Después le fueron mostrados el patio, la capilla, las aulas, los corredores y el refectorio.

Jesús Aguirre había comenzado a escribir cartas a su prima Mariluz, en las que le iba desvelando sus sueños, sus cuitas amorosas siempre diluidas con un amor a Cristo. Mariluz estudiaba Filosofía y Letras en la Complutense de Madrid y era su única conexión en el mundo. Apenas llega al seminario, le escribe: «Querida prima mía: he pasado unos días ¡fatales! Despistado y sin sotana, me sentía ridículo con mi traje claro y mi corbata roja. Eran días de saludos y mi posición entre desconocidos era violenta. Es curioso, un ser temible no me atemorizaría tanto como unos pobres humanos cuya única defensa eran unos años de antigüedad en el seminario (...) los jesuitas son finísimos, te tratan con una enorme deferencia (a los bachilleres). He congeniado perfectamente con ellos. Modifico mis antiguas opiniones.

¿Que hay mundo por dentro? Indudable, pero también hay mucho Dios y mucho trabajo. Además, yo no me voy a meter en su mundo ni ellos en el mío. Tienen unas formas sociales esmeradas, pero es falta grave hablarles sin permiso».

En la entrada, apenas cruzado el vestíbulo, también había visto un cuadro en el que aparecía el diablo tentando a Jesús de Nazaret. Un compañero muy irónico le interpretó la pintura. El diablo estaba tentando al Nazareno para que se hiciera jesuita y el Nazareno había resistido la tentación. De hecho, del seminario de Comillas se salía como sacerdote secular y se necesitaban tres años de meditación y examen antes de ser admitido en la compañía de Ignacio de Loyola. Jesús Aguirre tuvo que hacer en Comillas un examen oficial y preparar un curso de perfección humanística, con griego y latín, dispensado de las asignaturas de ciencias, y emprender luego los tres años de filosofía escolástica para someter cualquier verdad a un buen silogismo.

En el examen de ingreso le preguntaron alguna lección de la Historia Sagrada. La escalera que Jacob vio en sueños, el lance de David y Goliat, las doce tribus de Israel y el arte con que José enamoró a la mujer de Putifar. El subconsciente del joven seminarista quedó formado por sucesivas capas de este légamo sagrado. Dios lo había escogido entre otros adolescentes de su edad, lo había señalado con el dedo para que fuera su adalid. A partir de ese momento debería considerarse un elegido.

«Querida prima mía: este lugar es maravilloso, la paz infinita, soledad, mar, montañas, valles... Se siente a Dios en toda la naturaleza, un elemento de vida que tiene presencia viva en mis sueños. Lo encuentro cada día más hermoso y más mío. Se me va metiendo, me lo voy metiendo. Cada día dejo los picos costosos, recostados, difíciles para mecerme en la forma ondulante, imprecisa de mi mar. Y me digo, ¿no habrá aquí un poco de sensualidad? Sensualidad en la recepción y no en la impresión, naturalmente. Habrá que estudiarlo. Lo que sí, es que dentro de poco tendré un mar propio, particular, mío, sólo mío, a fuerza de admirar el que Dios nos dio. Así pasa siempre, de lo general a lo particular, de lo estético a lo ético. Así pasa siempre.»

Era un tiempo gris plomo en que Laín Entralgo daba conferencias en el Ateneo madrileño sobre Menéndez Pelayo o en torno a la idea de la Hispanidad. A una de estas lecciones asistió una chica judía que acababa de llegar a España en un Hispano-Suiza a cobrar una herencia de su marido, un sefardí de origen español, recién fallecido. Se llamaba Juana Mordó. Un día leyó en el periódico el anuncio de la conferencia de Laín y por puro aburrimiento entró en la sala y al instante quedó prendada al ver a aquel hombre guapo, moreno, de pelo planchado, en lo alto de la tarima orlado por banderas hablando del Imperio español con palabras altisonantes. Dos donceles falangistas con camisa azul y correajes en posición de firmes le guardaban la espalda, cada uno con un estandarte en la mano. Al terminar el acto la chica le hizo una observación que a Laín

le gustó y así iniciaron una amistad que se trabó de
tal forma que la chica, que había llegado por cuatro
semanas, se quedó en Madrid toda la vida y al final
se convirtió en la sacerdotisa del arte contemporáneo
de nuestro país.

En 1950 los coleccionistas todavía se confor-
maban con un buen calendario de la Unión de Ex-
plosivos, con una Santa Cena de lata cromada para
el comedor o con un conejo y tres perdices ensan-
grentadas encima de la consola. Los pintores más
consagrados aceptaban como un éxito que el den-
tista se aviniera a sacarles una muela a cambio de
un paisaje o que el urólogo les rebanara la próstata
pagando con un bodegón. Entre poetas y pintores
había un intercambio de cuadros por sonetos. Las
galerías de arte estaban en la trastienda de alguna
librería, iluminadas con bombillas de sesenta vatios
mal contados.

«Yo era una joven muy pura, una chica de
buena familia. Si hubiera vivido con mi marido sería una señora burguesa, jugaría al bridge todas las
tardes y leería algún libro de cuando en cuando»,
me dijo Juana Mordó. Pero la joven judía tuvo una
aventura amorosa en Madrid. Hizo traer sus cosas
desde Berlín en un convoy militar francés, que atravesó la zona rusa, y vendió el coche para resistir mientras su hermano le mandaba dinero; pero el dinero
nunca llegó y se vio muy pronto sola en España, sin
nada; así que decidió ponerse a trabajar y cayó en
cierto medio de intelectuales, lo mejor que había entonces en esa especie. Empezó a tener amigos que

iban a su casa para charlar. Luis Rosales entró el primer día algo impertinente e irónico, pero muy pronto comprendió el carácter fuerte de aquella joven judía, que ejercía de Madame Stein, la millonaria de su misma raza que protegió a muchos artistas en el París de entreguerras, sólo que aquí no había ningún James Joyce, ningún Hemingway, ningún Picasso, ningún Henri Matisse y tuvo que abastecer su tertulia con lo que había: escritores de la generación literaria del 36 y algunos pintores de la escuela de Vallecas.

Juana Mordó me contó un día: «Aquellas tertulias en mi casa duraron diez años, hasta que entré a trabajar en la galería Biosca. Se celebraban los sábados. Yo solía invitar formalmente a quien me interesaba y lo hacía una sola vez para abrirle la casa. Después ya acudía la gente libremente si le gustaba. Venían amantes del flamenco, poetas, pintores, escritores e intelectuales. Yo preparaba unos panecillos de nada, cacahuetes y vino tinto, sólo eso. Mi piso era pequeño, pero a veces llegaron a juntarse más de cincuenta personas. Entrabas en el dormitorio y dentro de una nube de humo gris adivinabas a Rosales, Luis Felipe Vivanco, Ridruejo, Pedro Laín hablando de literatura o a Benjamín Palencia, que era el dios de aquel grupo, sentado en un sofá con varios discípulos. Yo trataba de abrir ventanas, pero todos querían humo, más humo. Fue entonces cuando descubrimos que Aranguren existía de veras, que no era un seudónimo de Eugenio d'Ors, como creíamos hasta entonces los amigos, ya que nadie le había visto jamás. Un día, Eugenio d'Ors me dijo que

Daniel-Rops le había pedido que explicara un poco su filosofía, y él creía que para eso nada mejor que traducir un capítulo de *El pensamiento filosófico de Eugenio d'Ors,* que había escrito Aranguren. Me pidió que me encargara de la traducción y yo acepté, convencida de que Aranguren era D'Ors en persona. Lo mismo pensaba Ridruejo. En el trabajo encontré una expresión no muy correcta que en francés sonaba muy mal. Temblando de miedo, lo consulté con el maestro. Y D'Ors exclamó, muy sorprendido: "¡A mí qué me cuenta! Dígaselo a José Luis". Salí corriendo en busca de mis amigos, gritando: "Aranguren existe, Aranguren existe y lo voy a conocer". Vivía retirado en Ávila. Y lo conocí. Me causó impresión; no lo digas, pero era mucho más feo que ahora; con el tiempo ha mejorado mucho; ahora se acepta, o es que nos hemos acostumbrado. Le invité a que viniera a mi casa. Y en sus memorias cuenta que allí conoció a todo el grupo: a Panero, a Laín, a José María Valverde, a Vivanco. En aquel tiempo era corriente en ciertos medios intelectuales oír esta frase de despedida: "Te veré el sábado en casa de Juana Mordó". Un día Aranguren me trajo a casa a un seminarista que estudiaba en Comillas, un seminarista que fumaba en pipa, como un intelectual. Se llamaba Jesús Aguirre».

Entonces la gente fina acudía a las conferencias de Ortega, recién llegado del exilio en Portugal, o a las que impartía Zubiri, en las que bajaba a las profundas cavernas de la nada y dejaba turbadas a las señoras de la burguesía con collares de perlas y una mariposa en la solapa. Eugenio d'Ors había convencido a Aurelio Biosca, dueño de una tienda de decoración de la calle de Génova, para que abriera una galería de pintura en el sótano, y así, en medio del páramo, comenzó a moverse débilmente la afición al arte. En aquel sótano de Biosca montó Eugenio d'Ors sus salones, con charlas, exposiciones y coloquios. Las minorías cultas y adineradas colgaron el primer cuadro de Benjamín Palencia de su vida donde antes tenían tres ciervos abrevando o un San Onofre en éxtasis.

La galería Biosca estaba buscando una persona de mundo para ponerla al frente del negocio, alguien que supiera servirle un whisky al ministro Arburúa si llegaba por allí. «Yo no tenía ni idea de arte y me resistí más de dos horas cuando propusieron que la dirigiera, pero al final acepté y me metí en la mermelada. Piensa que tuve que esperar siete años para vender el primer Tàpies, el primer Millares en España. Me sentía atraída por la vanguardia, pero tenía todos los gustos en contra, y aunque la gente se burlaba de mí, enseguida organicé la primera exposición de arte abstracto. El grupo El Paso ya estaba formado desde 1956, era conocido en el extranjero pero aquí la gente se echaba las manos a la cabeza, no comprendía nada. Biosca, al ver el primer Canogar, exclamó: "Parece que está hecho con crema chantilly". Entraban en la galería las parejitas pensando en comprar un bodegón para el comedor y se encontraban con un cuadro abstracto. ¿Y esto qué es? ¿Y qué significa? ¿Y vale dinero? ¿Y le gusta a usted? ¿Y se puede poner encima de la chimenea? Y tenías que repetir mil veces que aquello se podía poner encima de la chimenea si la chimenea no estaba encendida. Y así llegó el momento en que mis amigos me forzaron a poner una galería propia. En la calle Villanueva había un restaurante que se traspasaba. Lo alquilé y entre Millares, Saura y Canogar lo pusieron a punto trabajando como albañiles con sus manos para convertirlo en una galería de arte y me vine aquí con todo el grupo El Paso. En este despacho estaba la cocina.»

El año 1956 fue un paralelo que dividió en dos el ambiente universitario. Eran los tiempos de la lucha contra el SEU en medio de un trajín de albergues, bolsas internacionales de trabajo, esquelas mortuorias de Ortega, entierros de Baroja, delegados de curso que leían a Casona, pistoletazos falangistas de febrero en el bulevar de Alberto Aguilera, primeras represiones con caballería armada y cárcel para algunos hijos de papá. Un grupo de jóvenes inteligentes y dorados, Ramón Tamames, los Bustelo, Nadine Laffon, Múgica, Josito Ruiz Gallardón, Javier Pradera realizaban el juego secreto de un comunismo de panfleto, tirado con ciclostil. Había entre ellos un candor de filtraciones y submarinos con el encanto de un espionaje con teleobjetivo. Firmaban manifiestos, predicaban la consigna de la reconciliación nacional, liaban a algunos catedráticos. El grupo recibía visitas del exterior. Unas veces aparecía por Madrid un tal Guridi, llamado el Ciclista, enviado por el PSOE de Toulouse. Otras se dejaba caer Jorge Semprún, apodado Federico Sánchez, de parte de los comunistas de París. A todos estos jóvenes comunistas y socialistas crípticos, en el fondo cristianos evangélicos que iban a la caza del hombre nuevo, según San Marx, los confesaría de sus pocos pecados el cura Jesús Aguirre.

Después de los sucesos de Alberto Aguilera, donde dispararon contra el cráneo de un joven falangista llamado Álvarez, un tiro que salió de su propia camada, Pradera fue represaliado por el Cuerpo Jurídico del Aire, expulsado de la universidad como profesor de Derecho Constitucional y vetado en el Colegio de Abogados. Gracias a este favor de la Brigada Social tuvo que dedicarse a editar libros de Alianza y a emprender un viaje paralelo que en contra de todas las leyes de la física acabaría encontrándose con el viaje de Jesús Aguirre.

Pero al final de los años cincuenta se produjo en España un Gran Accidente de Tráfico: Franco había sido atropellado en plena calle por un Seat 600, un coche utilitario, que se llevó por delante también un puesto de melones. Este país había pasado del jabón de sosa cáustica al Heno de Pravia; de soplarse los sabañones a untarlos con grasa de tocino; saltó del pollino a la vespa; de la estameña al plexiglás, al nylon, al tergal; del bañador con cordoncillo al meyba; de la braga de esparto a un algodón flexible que permitía alcanzar su objetivo a la mano masculina si trepaba por los muslos de la novia en la última fila de los cines de sesión continua, que olían a zotal mezclado con el perfume gordo de pachulí y una veta de bacalao.

Pese a que en el horizonte se había quedado colgado el guante negro de Gilda, como una bandera pirata, los tiempos seguían siendo de plomo, en los que la fanática conciencia de Arias Salgado, ministro de Información, había convertido España en un miércoles de Ceniza todo el año; el cilicio y el cinturón de castidad eran prendas de alta costura y la espiritualidad ascética estaba unida a los bragueros ortopédicos que se exhibían en los escaparates galdosianos y a las pegatinas con anuncios contra la blenorragia en los urinarios públicos, donde los falangistas meaban ideas imperiales contra la raja espumosa de limón. Este ministro era un obseso sexual reprimido capaz de implantar los guantes de boxeo a todos los adolescentes para que no pudieran masturbarse. Ya que no había guantes de boxeo para todos, la censura cumplía la misión de evitar que el sexto mandamiento fuera el principal abastecedor de carne española para el infierno.

El régimen económico de la autarquía terminó cuando el gobernador del Banco de España abrió un día la caja fuerte y se encontró con que el único tesoro que quedaba era un sello de cincuenta céntimos con la cara de Franco y una gaseosa La Casera. Y tuvo que llegar Ullastres, ministro de Comercio del Opus, a explicarle al Caudillo la ley de la oferta y la demanda. Aunque el Seat 600 había quebrado la médula espinal del régimen franquista que discurría por la raspa de todas las sardinas de bota y ya se adivinaba en el horizonte el sueño de la libertad unida al placer irremediable, en el cuartel Inmemorial el alto mando le negó al capitán Cuesta la matrícula en el curso para comandante porque presumía en la sala de banderas de haber leído *España invertebra-*

da de Ortega y Gasset. Algo semejante le iba a suceder al seminarista Jesús Aguirre, quien un día bajó desde Comillas a Madrid con un libro de Ortega bajo el brazo y una pipa en la boca y entró en casa de Juana Mordó muy ufano.

1952

*De Comillas a la eternidad, las amistades
particulares y el demonio se disfraza de Ortega*

En aquel caserón lujoso del seminario pontificio de Comillas iba a pasar Jesús Aguirre las últimas pulsiones de la pubertad y los primeros sueños de juventud. Llegó redicho, pedantuelo, muy leído y sobrado. Desde el principio dio señales de una inteligencia rápida que no se distinguía de las réplicas mordaces con las que se protegía del complejo de haber llegado a este mundo de una forma oscura, pero en el fondo el seminarista se sentía redimido pensando que todos somos hijos de Dios. Sobrevolando el griego y el latín durante un curso, se incorporó con facilidad a los rezos, al silencio del refectorio, a los juegos en el patio, al coro de la escolanía, al rumor del gregoriano, a los paseos de los domingos en fila de a dos por las verdes colinas, a los ejercicios espirituales. El fuego del infierno estaba al alcance inmediato de su mente. La agonía de la muerte seguida de la putrefacción de la carne y los gusanos de la tumba era un plato que se consumía con el hervido de judías verdes con patatas de cada cena. Pero más allá de las postrimerías también había ángeles con bucles dorados y vírgenes azules. Una de las obsesiones de cualquier colegio regentado por los jesuitas era evitar que los alumnos tuvieran amistades particulares. La reclusión forzada de tantos muchachos en medio de la revolución de hormonas que se establecía entre aquellos severos paredones hacía que el peligro de la homosexualidad se extendiera fácilmente. Muy pronto el sexo se levantó como una barrera negra en el horizonte, una obsesión lúbrica que acompañaba al seminarista día y noche unida a la tibieza de la cera del altar, al olor de incienso, a la humedad pegada a la tela del pijama.

Reclinado en una cama turca en el palacio de Liria, me contó Aguirre, como sintiéndose ya a salvo de todo aquello: «Lo que para los padres de la compañía eran amistades particulares para Goethe eran afinidades electivas y yo que había leído a Goethe así lo creía. Un día me llamó el director espiritual a su despacho, un jesuita que era famoso por la voz de barítono y porque llevaba siempre un tomate en los calcetines, como el que describe Pérez de Ayala en *A.M.D.G.* Fui acogido por su sonrisa meliflua, que no borraba el rigor del entrecejo. Me hizo sentar a su lado muy cerca, me puso la mano en el hombro y luego me dio un suave pescozón en una mejilla. A continuación comenzó el interrogatorio».

Los superiores habían observado que Jesús Aguirre tenía predilección por un compañero con el que siempre se le veía departiendo a solas durante el recreo en un rincón del patio. Un día el padre prefecto le vio muy pálido, le cogió de la oreja en un corredor y lo llevó a su habitación. El prefecto pronunció el nombre de un chico de Laredo llamado Antonio, de aspecto curtido, de ojos negros, cejas prietas y mejillas muy carnosas. Jesús puso cara de sorpresa. Ante las preguntas cada vez más directas e inquisitivas, con las orejas enrojecidas por el rubor, negó que entre ellos pasara nada más allá de compartir la misma afición por la lectura. No se masturbaban, no se intercambiaban ninguna caricia ni siquiera se tocaban. Sólo leían a escondidas a Ortega y Gasset. No se sabe qué era peor. Ante la rociada de amenazas y consejos, Jesús prometió que en adelante se dedicaría sólo a jugar al balón. El prefecto, antes de despedirlo del despacho, mientras no dejaba de sobarle las mejillas, le hizo esta confidencia: «Anoche, después de apagar la luz, me paseé como todas las noches por el dormitorio vigilando vuestro sueño. Cuando ya estabais todos dormidos me fijé en ti. Estabas destapado y tenías las dos manos entre las piernas dentro del pantalón del pijama. Eso es gravísimo. ¿Lo sabes? Te doy dos días para que te quites esas ojeras. Y si tienes que dormir con las manos atadas, hazlo como penitencia».

La sensualidad evanescente que le despertaba su prima Mariluz seguía siendo su obsesión. El 25 de mayo de 1952, desde Comillas le escribió: «Querida prima mía: espero mucho de ti y pido diariamente por tus intenciones al Señor. Entrégate al trabajo pero como medio, nunca como fin. Una vez fuera del aula, piensa por ti misma. Hoy faltan pensadores, meditadores... Quiero encontrar contigo comprensión y comunicación de ideas, quiero llenar nuestras cartas, no de líneas insustanciales, sino de ideas. Unamuno decía que cuando escribas sé denso, denso. Un virus irremediable me avergüenza cuando pongo el sello. Mis cartas son agotadoras por la extensión, parecen memoriales. Verter en mi correspondencia tantas cosas es quizá haberme impuesto el ascetismo de escribir. Lo importante ahora es resistir y atesorar y más tarde, ya con suficiente riqueza para moverme con soltura, saldré a la palestra».

En el refectorio había un púlpito donde un alumno de un curso superior leía en voz alta un libro mientras los seminaristas comían en silencio, excepto los jueves y los domingos, en que se permitía hablar después de la breve lectura de algún trance ejemplar del santoral. Jesús Aguirre se recordaba leyendo en plena pubertad desde el púlpito el relato moral del padre Risco titulado *Paso a paso,* en el que el protagonista, un muchacho muy puro con mejillas de rosicler, es conducido al vicio por un tío suyo. Primero lo lleva al cine, después a bailar con unas señoritas de Rebolledo, luego a una sala de juego, hasta que al final, en el camino de perdición, aquel niño tan guapo, completamente degradado, perdida la lozanía de su pureza, con el estigma del vicio en el rostro, acaba por matar a su propio tío y es condenado a muerte y sometido a garrote vil en una cárcel de Granada. Quien a hierro mata, a hierro muere.

«Querida prima Mariluz: ayer leí una reseña extensa sobre la conferencia que dio Dalí en el teatro María Guerrero el día 11. El texto es interesante no sólo artísticamente. He tomado notas. El ambiente y los sucedidos son realmente chuscos. Si fuiste o sabes algo, dime. Hoy probablemente no te escribiré más. Me esperan unas cuantas líneas de Cicerón. Una breve consideración ¿poética? sobre mi rinconcito. Observar el valle, las montañas escarpadas y caigo enamorado en el mar, un elemento de vida que tiene presencia viva en mis sueños.»

Los jueves y domingos por la tarde había paseo. Por las afueras de Comillas se veía pasar la fila oscura de seminaristas sobre las colinas verdes con sotana, bonete de cuatro puntas y esclavina con ribete morado. Algunos días iban al cine. *Balarrasa, La mies es mucha, El milagro de Nuestra Señora de Fátima* y *Cerca del cielo,* una película protagonizada por el padre Venancio Marcos sobre la muerte en la guerra del obispo Polanco. Con los primeros libros de la colección Austral llegaron también las primeras miradas a las adolescentes y el amor griego al propio cuerpo y las cartas repletas de mística pasión a su prima Mariluz, su querida prima en Cristo. El seminario comenzó a ahogar sus sueños. Un día le escribe: «Respecto a mi trabajo poético, he comenzado un libro titulado *La piedra y el río.* No pretendo en él nada de justificación, sólo trazarme un programa a seguir y por el que trabajar. Tengo ya trece poemas y bastantes ideas más. Soy un impenitente intelectual y lo propongo con dos preguntas: ¿qué tal va el Nobel?, ¿y la Bienal? Dime algo sobre ella. Aquí no llega ningún periódico. ¿Presentó Dalí su *Cristo?* Te mando estos versos con ecos de Fray Luis...

> *A cuyo son divino*
> *El alma que en olvido está sumida*
> *Vuelve a cobrar el tino*
> *Y memoria perdida*
> *De su origen primero esclarecida*
>
> Oda a Salinas»

Después de este alarde poético el seminarista Aguirre tiene una bajada incomprensible y le recomienda a su prima que lea a Carmen de Icaza.

Su madre iba a la librería Sur y a la Hispano-Argentina a comprar los libros que le encargaba su hijo. Durante las vacaciones Jesús Aguirre leía y soñaba con ganar batallas místicas mientras ponía los pies a remojo en la playa del Sardinero. Tenía las piernas muy blancas y en las rótulas se le habían comenzado a formar unos callos de tanto estar de rodillas ante el sagrario. El gregoriano estaba modulando su mente en el canto de vísperas. El olor a alcanfor de los corporales, el brillo de los cálices, el roce del alzacuello, el tomate en el calcetín, las letras doradas del misal formaban la sustancia de las horas y los días hasta que llegó la primera rebeldía interior: estudiaba latín, griego, oratoria, declamación, elocuencia y predicación, pero no estaba dispuesto a renunciar a la lectura de Ortega y de Unamuno, que le ayudaba a salir de la jaula escolástica y le introducía en la aventura libre de la inteligencia. Con citas de estos autores, que eran réprobos para los padres jesuitas, Aguirre comenzó a escandalizar a sus compañeros. No daba el perfil del neófito que suda obediencia por todos los poros, aunque el corazón de seminarista aún ardía bien bajo la sotana y la esclavina.

Querida prima Mariluz: No he leído nada de Marañón. Pemán me parece horrible, lleno de tópicos. Cada vez me afirmo más en que Pemán no es un valor sino un antivalor. ¿Por qué? Porque tiene capacidad y no la actualiza. Yo puedo perdonar al que no es un genio porque no puede pero no perdono al que por seguir un camino más fácil y de éxito, más populachero, deja un fruto colgando en el árbol de la fecundidad que Dios le da. Toda actividad ha de tener un matiz ético y es faltar a la dignidad el no cultivar el don de Dios que es el genio creador.

Durante una plática en la capilla, el padre prefecto de filósofos, González Quevedo, un jesuita de carácter duro y obtuso, se destapó con un ataque feroz contra Ortega y Gasset, recreándose en una sarta de improperios. Jesús Aguirre capitaneó a un grupo de compañeros rebeldes que en acto de protesta abandonó la capilla. Después de este alarde los superiores le insinuaron que de seguir por ese camino debería abandonar el establecimiento, pero un día, ya muy crecido y enamorado de su propia brillantez, defendió públicamente a Ortega en una discusión en el refectorio y la cosa se agravó al ser sorprendido leyendo *La agonía del cristianismo,* de Unamuno, en el retrete. Nunca tuvo ningún problema con la disciplina, pero le montaron un auto de fe esperpéntico por esta deriva intelectual y también por mantener correspondencia con Aranguren y Laín Entralgo, seguida de visitas largas y pedantes que les hacía durante las vacaciones de verano cuando venían a la Magdalena, según la acusación. Afortunadamente, hubo otras autoridades académicas que impidieron que el ejercicio inquisitorial desembocara en la expulsión inapelable y le aconsejaron el traslado de lugar si quería seguir con los estudios.

Habiendo aprendido los latines correspondientes y los tres cursos de filosofía escolástica, antes de emprender el estudio de la teología se vio en la disyuntiva de continuar en Comillas o buscarse una salida airosa antes de que lo expulsaran formalmente. Una dama desconocida de Santander estaba dispuesta a pagarle una beca de estudios en Alemania. Podía ser una señora de la aristocracia de Comillas que un día se vio prendada por la labia del seminarista, o gracias a una beca felizmente suculenta que consiguió de la Fundación Humboldt, auspiciada una vez más por el director de la papelera Sniace o por la influencia de Aranguren y Laín. Sea como fuere, hacia la mitad de la década de los cincuenta Jesús Aguirre empezó tembloroso a estudiar Teología en Múnich, lo que le permitió leer libros sin censura y obtener contactos personales inolvidables, entre ellos el de un profesor renano, Gottlieb Söhngen, que andaba entre las fronteras del saber sagrado y profano, tratando de relacionar la teología con la filosofía griega, el idealismo alemán y la música. Lo primero que oyó Aguirre de sus labios en clase fue: «Todos los hombres tienen un pájaro en la cabeza, pero sólo los obispos creen que es el Espíritu Santo y a veces confunden la inspiración con el excremento de la paloma».

En Múnich se acababa de crear el Colegio Español Santiago Apóstol, fundado por el sacerdote José María Javierre, situado en Dachauer Strasse, para hospedar a posgraduados, tanto universitarios como seminaristas, que realizaban sus tesis doctorales. En ese tiempo habían coincidido en el colegio Rouco Varela, Jiménez de Parga, Alfonso Pérez Sánchez, Frühbeck de Burgos, Lucio García Ortega. Para ingresar en ese colegio de Múnich regido por curas operarios, los mismos que dirigían el Colegio Mayor Pío XII de Valencia donde yo estudiaba, estuve a punto de conseguir una beca de fin de carrera de Derecho, dispuesto a escribir un trabajo sobre el kantiano Kelsen y el derecho natural. El proyecto se frustró, como también se frustró mi viaje a París cuando ya había conseguido el permiso militar, algo casi imposible entonces, para estudiar un verano en un instituto donde se impartía el pensamiento de Maritain y de Mauriac, escritores católicos. Cuando le pedí permiso a mi señor padre, me contestó: «Hijo, puedes ir a París o a Londres, pero a cenar te quiero a las nueve en casa». En vista de que yo no tenía ningún Aranguren que me ayudara, hui de Valencia y me fui a Madrid a verlas venir sin otro propósito que el obedecer el destino que marcaran las suelas de mis zapatos.

De haber salido el proyecto de Múnich, pude haberme cruzado con Jesús Aguirre por la calle e incluso tomarme con él una cerveza negra en la cervecería del Führer, la Hofbräuhaus, pero desde el primer momento el seminarista Aguirre había marcado las distancias con estos escolares del colegio Santiago Apóstol y se fue a vivir al colegio ducal Giorgianum, uno de los edificios propiedad del estado de Baviera, junto a la universidad y el Ludwigskirche, la parroquia donde Romano Guardini daba sus lecciones y realizaba celebraciones. Allí convivían aspirantes al sacerdocio llegados desde los seminarios de distintos países y constituía una fábrica de profesores de Teología, de futuros obispos y profesionales alemanes de otras ramas de la ciencia. El joven teólogo Joseph Ratzinger vivió y dio clases allí antes de ir de profesor a Tubinga.

1955

La teología en la cascada de la Selva Negra
y Heidegger va a la vendimia

Nadie sabía qué pretendía en su inmersión alemana ni en sus intereses teológicos. Jesús Aguirre era un artista a la hora de enmascarar su pasado y también su ambición. Se interesaba sobre todo por la reflexión teórica. Quería escribir una tesis sobre Occam y en este trabajo le ayudó su maestro Söhngen. «En Múnich conocí a Heisenberg, el que desarrolló el Principio de Incertidumbre. Cuando este físico genial se enteró de que vivía en el colegio ducal Giorgianum, me preguntó dónde estaba situado mi cuarto. Le dije que en el último piso mirando el Ludwigskirche, y Heisenberg me contestó que en la terraza que estaba sobre mi habitación permaneció él de estudiante haciendo guardia durante los sucesos revolucionarios de la capital bávara, la noche de los cuchillos largos cuando Hitler estaba escalando el poder. Me dijo que tenía en una mano un fusil que no sabía manejar y en la otra una edición de los filósofos presocráticos que le inspiró su intuición de la física.» El Principio de Incertidumbre, formulado en 1927, trata de demostrar que cualquier materia se altera por el hecho de analizarla. Este principio probablemente fue ratificado por Heisenberg después de conocer a Jesús Aguirre.

En Múnich, a través de Chano Martín-Retortillo, que sería su padrino en su primera misa cantada en Madrid, Aguirre conoció a Wolfgang Dern, estudiante de Sociología y Periodismo, muerto trágicamente años después. Llegaron a compartir apartamento y con él viajó a Fráncfort, ciudad donde había nacido este joven, convertido en amigo inseparable. La amistad con Wolfgang le llevó al contacto con los supervivientes de la Escuela Crítica y a conocer a Theodor W. Adorno. «Era un personaje en apariencia muy poco interesante, como un señorín, pero cuando entrabas en conversación con él terminabas por quedar encantado por una serpiente. Me atraía su espíritu crítico permanente, enmarcado en la línea progresista. También me fascinaba la lectura de Walter Benjamin.»

Siempre proclive a las amistades particulares, que cultivó en el colegio Lasalle y en el seminario de Comillas, en Múnich sedujo con su simpatía personal al discípulo predilecto del joven profesor Joseph Ratzinger. Con él tuvo una experiencia religiosa, la misma que Romano Guardini explicó en teoría durante una clase. Sucedió durante un viaje que realizaron juntos en coche desde Múnich a Friburgo de Brisgovia. Fue un viaje de iniciación, el mismo que realizan los héroes antes de matar al dragón para salvar a la princesa, antes de bajar a los infiernos para poder resucitar, antes de conquistar el vellocino de oro, que es el sexo femenino, antes de perderse en el mar boreal para volver a los brazos de Penélope en Ítaca, antes de convertirse en San Juan Bautista.

El teólogo Guardini había expresado la sensación panteísta que acoge a un caminante cuando se pierde en un bosque. Durante la primera parte del trayecto reconoce cada encrucijada del sendero, el nombre de cada árbol, percibe el rumor de la brisa y el canto de los pájaros. El sol dibuja trazos de luz sobre el humus donde se proyecta la sombra familiar de su cuerpo y el caminante se reconoce todavía en sus pensamientos, en sus deseos, en sus recuerdos, pero a medida que se adentra más en la espesura va perdiendo el sentido del camino que ha dejado atrás y de pronto siente un escalofrío, a continuación es asumido por una turbación, a la que sigue un golpe de angustia al comprobar que en ese momento su personalidad comienza a diluirse y el caminante extraviado se convierte en parte de la naturaleza. Dios es esa naturaleza que te posee, de ahí debe partir la teología, según la tesis de Guardini.

El amigo de Jesús Aguirre era un seminarista de veinte años, Hans Kuss, alumno de Ratzinger en el curso de Dogmática, muy parecido a Helmut Berger en *La caída de los dioses*. Según el duque de Alba, al iniciar el viaje aparecieron muy pronto los lagos de Baviera, donde se reflejaban las cumbres nevadas de los Alpes. Cuando lograban deshacerse de la fastuosa visión del paisaje hablaban de su próximo sueño de ordenarse diáconos. El aire limpio que envolvía la claridad azul de los lagos le recordaba a Jesús Aguirre la pulsión que sintió al leer el libro *Energía y pureza* en la adolescencia. Ahora también quería ser puro y fuerte para subir a la cima de la nieve a escoger la flor blanca del edelweiss para ofrecérsela a un amor, por ejemplo a la Virgen o a cualquier joven Bautista.

Después de varias horas de viaje en el Volkswagen de su amigo, comenzaron a atravesar la Selva Negra por una carretera secundaria cada vez más hermética. Iban en silencio. Hacia la mitad del camino Hans le propuso detenerse a comer unas viandas en un claro del bosque. Paró el coche y al apagar el motor comenzaron a oírse en la insonoridad del espacio gritos desgarrados que se desprendían de los árboles o emergían desde el fondo impenetrable de la maleza, y entre todos los sonidos llegaba hasta ellos el de una cascada invisible. Hans le invitó a bajar del vehículo para adentrarse por un pequeño sendero hacia el salto de agua que habían visto brillar entre los abetos. Tal vez pensaban que serían acogidos por aquella sensación confusa si la naturaleza conseguía apropiarse de sus almas, pero la lección sagrada de Guardini no se presentó, o al menos ellos se creían libres.

Hans extendió un paño blanco sobre el humus fermentado en un claro del bosque y después de sacar las viandas preguntó: «¿Te parece que antes de comer hagamos un poco de teología?». Comenzó a desnudarse para tomar un baño en la cascada. «Le seguí en todos sus movimientos», me contó el duque de Alba en Liria. Mientras el agua sumamente fría irrumpía contra sus cuerpos, en medio de la luz del sol filtrada entre la oscuridad de los abetos vieron muy cerca dos corzos masculinos que se detuvieron muy sorprendidos a mirarlos. Bajo la cascada, Aguirre recordó los versos de San Juan de la Cruz y comenzó a recitarlos a gritos confundido por el sonido del agua al caer en el estanque: «Gocémonos, amado, / y vámonos a ver en tu hermosura, / al monte o al collado, / do mana el agua pura, / entremos más adentro en la espesura». Estos versos no tuvieron respuesta por parte de su amigo, que ni siquiera los hubiera entendido más allá de la emoción de los alaridos. Apenas podían hablar a causa del cuchillo helado que el agua había introducido en sus entrañas. Lentamente fueron recuperando la respiración y un golpe de sangre caliente comenzó a inundarles el cerebro y toda la piel. Desnudos y empapados, se sentaron a devorar un bocadillo de salchichas mientras dejaban que la brisa secara su cuerpo. Estaban bien, se sentían bien con aquella vivencia religiosa. Los corzos se acercaron a ellos sin ningún temor hasta dejarles ver sus ojos limpios, ingenuos, de terciopelo. Aguirre volvió a recitar a San Juan de la Cruz: «¿Adónde te escondiste, / amado, y me dejaste con gemido? / Como el ciervo huiste / habiéndome herido; / salí tras ti, clamando, y eras ido». Los corzos se acercaron aún más y comieron de su pan, pero al tratar de ofrecerles en la boca unas frambuesas huyeron despavoridos hacia la oscuridad del bosque.

Hans le dijo que en Friburgo, con un poco de suerte, tendrían ocasión de conocer a Heidegger, amigo de un pariente suyo, profesor de la misma universidad. El hecho de conocer al autor de *Ser y tiempo*, lejos de producir en Aguirre una exaltación eufórica de la inteligencia, le sumió en una duda moral. Heidegger había sido un colaborador de los nazis, era el hombre que había callado. Cuando la universidad bávara le invitó a un curso en 1933, el filósofo respondió que antes que nada debía servir al trabajo que estaba realizando Adolf Hitler. Pero estos amigos ya habían quedado fundidos por ese lazo del alma que va más allá de los sentidos, y la duda moral de Aguirre se desvaneció. La cascada procedía de un arroyo servidor del Rin y se llamaba el Salto del Cisne Negro, según Hans había leído en una roca esculpida junto al estanque.

Continuaron viaje unidos por un silencio que expresaba todas las palabras, todas las sensaciones, toda la armonía del espíritu. La carretera dejó ver los primeros claros de la Selva Negra por el valle del Dreisam y luego se abrió a unos prados de pasto, campos de cereal y extensiones de viñedo que a veces peinaban laderas de unos montes que cerraban el horizonte por la parte de la Alsacia bajo una batalla de nubes plateadas con la tripa negra que amenazaban tormentas de final de verano. Después de dos horas de viaje apareció la espadaña de la catedral de Friburgo contra una colina boscosa. Entraron en la ciudad por la Puerta Suaba, una de sus cinco torres fortificadas, y llegaron a la plaza del Münster, donde había un mercado medieval al pie de los sillares y vitrales. Estaban todavía patentes los efectos del bombardeo de la guerra, que había reducido a escombros la mitad de los edificios. Hans llevó a su amigo a casa, cerca de la torre de San Martín, en el casco antiguo. El alemán de Aguirre no era muy correcto, de hecho nunca lo hablaría bien, pero su estilo a la hora de ejercer ademanes dejó impresionados a los padres de Hans, toneleros de buen pasar, que se desvivieron por hacer su estancia muy agradable.

La visita a Heidegger, según contó Aguirre, se produjo en la biblioteca de la vieja Universidad

Albert-Ludwigs y Aguirre recordaba que la conversación se produjo entre expresiones ininteligibles borradas por el estruendo de las hormigoneras que estaban reconstruyendo algunos colegios universitarios de alrededor destruidos por la guerra. Tal vez su filosofía y su actitud ideológica proclive al nazismo habían contribuido a que la universidad donde enseñaba hubiera quedado aplastada por las bombas. Sentado en un sillón de cuero rojo, vestido con traje cruzado de franela blanca, el viejo filósofo sabía que esta pareja eran seminaristas a punto de ordenarse de diáconos. Heidegger les dijo que él había empezado estudiando teología católica. «Pero llegué muy pronto a la conclusión de que si los teólogos supieran de cierto que Dios no existe, seguirían haciendo teología, y me pasé a la filosofía», y a continuación comenzó a hablarles de la destrucción y de la muerte de Alemania. De pronto quedó en silencio, sonrió con cierta amargura y les propuso ser felices asistiendo a la fiesta de la vendimia, que se iba a celebrar en la plaza de la catedral esa noche. «Beban ese cáliz antes de ser ministros de Cristo. Los vinos del Rin, aparentemente livianos, son más profundos que la fenomenología que aprendí de Husserl.» Hans le contó la experiencia de la cascada en la Selva Negra según la teoría religiosa de Guardini. Heidegger los animó a viajar a Baden-Baden y darse allí un baño más civilizado pero igual de profundo, más teológico, si cabe, en las termas romanas.

Aquella noche la plaza de la catedral se llenó de acordeones y de señoritas robustas con trenzas rubias. Los jóvenes bailaban sobre grandes cubas llenas de uva recién vendimiada y celebraban entre cánticos el mosto que se derramaba por las gargantas de gente plácida, viejos rubicundos, mujeres de carnes espléndidas que simulaban ser felices olvidando la pasada tragedia de la guerra mientras devoraban salchichas. En medio de la multitud apareció Heidegger rodeado de un grupo de alumnos. Al encontrarse en la plaza con Hans y con su amigo, los llevó hacia la catedral. Primero les señaló las gárgolas que escupen simbólicamente el mal que late en el interior de cada templo, y después bajo el pórtico de la torre con los arcos llenos de apóstoles les recordó la necesidad de purificarse con aguas romanas en Baden-Baden para olvidarse de las piedras sagradas y quedar a solas con sus cuerpos. Puesto que el hombre es un ser-para-la-muerte, mientras estuvieran vivos, el cuerpo era el único dios verdadero.

Dos días después el viaje hacia Baden-Baden se desarrolló entre viñedos maduros, campos de cebada y pastos con ganado. Algunos vendimiadores les saludaban con el brazo y al llegar a la ciudad balneario se establecieron en un pequeño hotel de la plaza de Goethe cerca del Friedrichsbad, un edificio del siglo XIX que contenía los famosos baños levantados sobre las antiguas termas romanas de dos mil años de antigüedad.

En las calles de Baden-Baden había orquestas de música y coros de adolescentes rubios que interpretaban a Mozart. Los prados trasquilados estaban divididos por el río Oos, cuyos puentes de orfebrería de hierro colado eran atravesados con parsimonia cortés y saludos de otra época por señoras con sombrillas de colores y caballeros provectos, veraneantes de final de verano, ejemplares supervivientes de toda una cultura que había sido destruida por la guerra.

El recuerdo del baño en la cascada de la Selva Negra les había dejado en el cuerpo una sensación de libertad salvaje unida al regusto de unas frambuesas silvestres que comieron con los dedos manchados de zumo, pero no habían experimentado la posesión de la naturaleza que según Romano Guardini era el inicio de la experiencia religiosa. Al pasar por delante de las termas del Friedrichsbad decidieron darse otro baño, esta vez civilizado, según un protocolo muy saludable. En el vestíbulo una señorita les ofreció un prospecto que contenía las condiciones y ventajas del nudismo, una práctica que se estaba iniciando en Alemania. Ese viernes el balneario ofrecía la posibilidad, en este caso obligatoria, de bañarse juntos hombres y mujeres. Había varias piscinas de agua fría y caliente que se alternaban, distintos chorros y cascadas, masajes y sesiones de algas que se realizaban en grandes salas bajo cúpulas llenas de dioses paganos, ante la mirada de ninfas de mármol desde las hornacinas. Mientras se desnudaban por completo, Aguirre le dijo a Hans: «Tomemos un baño como si se tratara de una práctica ascética». En el palacio de Liria, recostado en una cama turca, haciendo volutas de humo con su Winston extrafino, el duque de Alba me confirmó que nunca había sentido hasta entonces una espiritualidad tan profunda. Ningún cuerpo desnudo se podía comparar con el de los héroes de mármol que adornaban los pedestales, pero sentirse desnudo era una comunión con su amigo. La Selva

Negra tenía una resonancia mística cuando los gritos desgarrados de las aves bajaban hasta el humus atravesando las ramas de los abetos. Por las salas de las termas cruzaban cuerpos desnudos de hombre o de mujer que se zambullían en las distintas piscinas, nadaban lentamente como una forma de meditación, ardían de sudor en las saunas y luego se sumían en el agua helada.

«En aquel espacio el silencio tenía una gran resonancia bajo las cúpulas repletas de divinidades. En ese momento, de una de las salas salió un grito que llegó hasta los últimos rincones del balneario —contó el duque de Alba—. En una de las piscinas había aparecido el cadáver de una joven flotando boca abajo. Fue un accidente muy desagradable. Al parecer le había dado una congestión al salir de una sauna, pero fue suficiente para que toda la armonía del cuerpo y del espíritu desapareciera». El duque dio otra calada al cigarrillo recreándose en la memoria y añadió que su amigo Hans dijo que la muerte no era suficiente para romper aquella belleza. Habría sido más interesante si se hubiera tratado de un asesinato. Entonces le dije al duque: «Si algún día escribo tu biografía, mentiré para estar a tu nivel. Diré que esa mujer que apareció flotando en el Friedrichsbad era bellísima como Ofelia, que murió apuñalada por un sádico y que el agua de la piscina se convirtió en un baño de sangre». El duque contestó: «No importa. En el fondo cualquier muerte siempre es un asesinato».

1961

*Múnich queda atrás y en España comienza la
ascensión del héroe atravesando primero una
nube de ceniza*

Bajo la larga ceniza de la posguerra habían comenzado a avivarse algunos rescoldos. Los universitarios más inquietos ya habían puesto el dedo gordo en la cuneta y habían partido hacia Europa a bordo de un camión cargado de naranjas, de tomates y melones; luego regresaron con la buena nueva de que en París maullaba una gata con jersey negro de cuello alto que se llamaba Juliette Gréco y en las aceras del Barrio Latino los novios se besaban con *La náusea* de Sartre en la mano. Por Montparnasse se movía un grupo de pintores españoles que alternaba el oficio de brocha gorda en los andamios con el trabajo de artistas nocturnos; los sábados se los veía con óleos y carpetas bajo el brazo yendo de galería en galería a ofrecer sus cuadros y se alimentaban de sus propios sueños, unos de conocer a Picasso y otros a Santiago Carrillo. El Partido Comunista en el exilio remediaba su hambre a cambio de la filiación en una célula. Unos estudiantes se iban en vacaciones a aprender alemán en las minas del Ruhr, otros optaban por fregar platos en los restaurantes de Londres. Aquí en España, cuando se hablaba de oposición siempre se refería uno a la de notarías o registros, a abogados del Estado o a judicatura, nunca a Franco, que iba cogiendo un pergeño de abuelito pánfilo y no por eso menos cruel y asesino.

La aspiración sublime a llegar a alto dignatario del Estado se compartía con visitas rituales a los prostíbulos con olor a permanganato poblados de putas muy maternales, entre cuyos senos les bailaba una medalla de la patrona de su pueblo. De Alemania regresaba Aguirre a Santander o a Madrid de vacaciones envuelto en silogismos escolásticos, brillantes y escurridizos. En casa de sus primos en la calle Costa Rica, durante los insomnios de las noches de verano, vaciaba su teología sobre la cama y los dejaba admirados. Sus primos le decían: «Jesús, vas a llegar a cardenal». Y él contestaba: «Nada de cardenal. Yo quiero ser Papa».

Había muerto Ortega. La noticia llegó muy pronto a Múnich. El padre Félix García, experto en arrancarles la última aterrorizada confesión a los intelectuales descreídos, había entrado en la alcoba del agonizante, en la calle Montesquinza, había permanecido media hora allí envuelto en el misterio y al salir no respondió a la pregunta capital: ¿Ortega se había confesado, había recibido la extremaunción, le había untado el calcañar con el sagrado aceite para que pudiera volar al cielo? En los corrillos de la universidad no se hablaba de otra cosa. También había muerto Baroja en su casa de la calle Ruiz de Alarcón, pero esta vez el padre Félix García se encontró con el sobrino Julio Caro apalancado en la puerta con los brazos en cruz impidiéndole la entrada. En plena agonía el escritor Castillo-Puche había llevado a Hemingway al lecho de Baroja, que ya tenía perdida la memoria bajo el gorro de lana. Al ver a aquel gigante de barba blanca en su habitación sólo interesado en hacerse una foto, Baroja preguntó: «¿Quién es ese señor de la sonrisa de arroz con leche?». Alguien le dijo al obispo Leopoldo Eijo que fuera a confesar a su compañero de la Real Academia. El obispo de Madrid respondió: «No voy. Que muera como ha vivido».

En 1961 Jesús Aguirre fue ordenado sacerdote en Múnich, en el Ludwigskirche, a manos del obispo del lugar. Actuó de padrino el diplomático Julio Cerón, que andaba perdido por las cervecerías y fue obligado a alquilar un chaqué para el acto. Las dos espadañas de la iglesia fueron iluminadas ese día de forma especial, pero no hubo ningún revuelo barroco en torno a este acontecimiento, salvo el volteo general de campanas. Bajo los acordes del órgano avanzó el misacantano, revestido sólo de alba, estola y cíngulo, por la nave principal y en la cabecera del primer banco lloraba su señora madre con teja y mantilla española y el rímel corrido. Sin duda, muchas de aquellas lágrimas serían de orgullo por tener como hijo a un representante brillantísimo de Dios en la tierra, y otras tal vez se debían al recuerdo de un lejano amor loco que se desarrolló en medio de promesas ardientes en la primera oscuridad de una tarde al final de un verano junto a la playa. En el altar también le esperaba, junto con el obispo y otros sacerdotes, un diácono que iba a oficiar en la ceremonia. Desde la grada, con las manos juntas en el pecho, Hans veía avanzar a su amigo Aguirre y probablemente recordaría los años de amistad y aquel baño teológico que se dieron en la cascada de la Selva Negra, la mirada de los corzos desde la espesura y el grito que resonó bajo las cúpulas de las termas de Baden-Baden que vino a romper toda la armonía de los cuerpos. El hombre es un ser-para-la-muerte, había dicho Heidegger. Con la joven muerta flotando boca abajo en una de las piscinas podía empezar la teología.

Después del acto litúrgico de la ordenación sacerdotal se sirvió un aperitivo en el claustro de la iglesia y allí se pasaban las copas de vino del Rin los profesores Schmaus, Söhngen, Monzel, obispos y alumnos; luego hubo una fiesta en la pradera del colegio ducal Giorgianum presidida por el rector Pascher, catedrático de Liturgia y Pastoral, donde se cantaron canciones bávaras, casi paganas, con acordeones y trompetas de pistones. Finalmente Julio Cerón pagó una cena en la cervecería del Führer a los amigos que habían llegado de Santander, y Jesús Aguirre, a partir de ese día de junio, comenzó a navegar el sacerdocio como una aventura intelectual, lejos de la mística y mucho más lejos de la ascética. Las clases en la facultad de Teología siguieron su curso sin este alambicado neófito, que ya no tenía más excusas para quedarse en Alemania.

Después de haber volado por las elegantes alturas del saber teológico, regresó a casa y en realidad le correspondía adscribirse a una parroquia de la diócesis de Santander. Era imposible imaginar a Jesús Aguirre de coadjutor en un pueblo del valle del Pas confesando beatas, departiendo con el boticario, paseando por las afueras con el director de Banesto, dando siempre la razón al indiano, el más rico del lugar, bautizando, casando, llevando el viático bajo la ventisca por los desmontes, dando responsos a gente innominada que pasa por este mundo sin enterarse de nada. ¿Tanto Goethe, tanto Guardini, tanto Adorno y Walter Benjamin y Rahner para acabar jugando a la garrafina o al tute con el cabo de la Guardia Civil de pareja con un párroco de misa y olla? Tampoco en la ciudad de Santander había ningún puesto que fuera el adecuado para este ser brillante, navegador del cosmos teológico, ahogado por la caspa moral de una clase media que sabía su origen y que sin duda se lo echarían en cara en cuanto se saliera del orden constituido, que cualquier burgués espera de un cura. Una vez más, Laín Entralgo, Zubiri y Aranguren llegaron en su ayuda para sacarlo del pozo provinciano y lo dejaron en brazos del padre Federico Sopeña en Madrid. La rampa de despegue estaba preparada.

La primera misa se celebró en la iglesia de la Universitaria. Allí estaban todos los admiradores del padre Sopeña. La madre del misacantano seguía llorando con el rímel corrido. Después de la solemne ceremonia asistida por varios prestes y adornada con una hermosa disertación del teólogo y pensador Francisco Pérez, su amigo desde Comillas, Jesús Aguirre, sentado en el presbiterio en un sillón abacial, cara a los fieles, ofreció a besar las palmas de sus manos perfumadas con agua de rosas flanqueado por el padrino Martín-Retortillo y la madrina Consuelo de la Gándara. En fila, bajo un motete de Palestrina cantado por la escolanía, se acercaban a tributarle homenaje profesores liberales, agnósticos de entre dos aguas, señoras del barrio de Salamanca, universitarios rebeldes, toda la grey que había acopiado el padre Sopeña y que a partir de ese día Jesús Aguirre haría suya y sobre la que actuaría con su labia de encantador de serpientes. Cuando Sopeña se fue a Roma, él se quedó de amo del rebaño.

Parece que Jesús Aguirre también había dejado Múnich muy caliente al volver hecho un cura a España en 1961, porque en los primeros días de junio del año siguiente, en el hotel Regina Palace de la capital de Baviera, se celebró el IV Congreso del Movimiento Europeo, al que asistieron invitados 118 políticos españoles de todas las tendencias: monárquicos, liberales, democristianos, socialistas, socialdemócratas, nacionalistas, excepto los comunistas, reunidos bajo la autoridad moral de Salvador de Madariaga con el propósito de sentar las bases para recuperar la democracia que le permitiera a España adherirse a Europa. A Fernando Álvarez de Miranda, cabeza de cartel de aquella expedición clandestina, le dijo Aranguren: «Yo no voy, pero hay un cura en la Universitaria llamado Aguirre que ha estudiado en Múnich. Sin duda él os podrá ayudar si le pagáis el viaje y la estancia». Jesús Aguirre acompañó a los conspiradores y los paseó por Múnich, les presentó a gente de la radio y de la prensa y les resolvió muchos problemas como intérprete de alemán.

La reunión de los opositores españoles en Múnich tuvo una repercusión muy sonada. Fue una convulsión política. Para ridiculizar este encuentro que significaba el fin de la guerra y el principio de la reconciliación nacional, la prensa falangista del diario *Arriba* lo llamó el Contubernio de Múnich.

Atacado por una cólera repentina contra estos grupos que hasta entonces sólo habían ejercido una tímida oposición dentro de las fronteras, Franco encarceló, deportó y mandó al exilio a los asistentes a medida que retornaban a España, a Fernando Álvarez de Miranda, Jaime Miralles, Pepín Vidal, Satrústegui, Carlos María Bru Purón, Cavero, José María Gil-Robles, Dionisio Ridruejo. Los buenos oficios de Pío Cabanillas, antiguo compañero del César Carlos y ahora subsecretario de Fraga, sirvieron para que Aguirre no fuera desterrado a Fuerteventura a secar al sol sus jaquecas. El consejo de don Juan de Borbón en Estoril fue disuelto y el conde de Barcelona se dedicó a navegar en su yate *Giralda* entre dos aguas, pero al pasar frente a Gibraltar le hacía al Peñón un corte de mangas con su antebrazo tatuado con un ancla. «He aquí un gran patriota», exclamó Pemán ante este gesto.

Uno de los represaliados de Múnich era el periodista valenciano Vicente Ventura, quien pasó dos años de destierro en la casa de labranza que el canónigo Espasa tenía en Denia. La casa, heredada de sus antepasados huertanos, estaba en la partida de La Pedrera, rodeada de siete hanegadas de almendros, viñedo, naranjos y olivos, desde la que se divisaba todo el golfo de Valencia a través de un espacio esmerilado unas veces por el mistral y otras por las ráfagas violentas del llebeig, que rompían el silencio preternatural cuando Denia era todavía un paraíso. A Ventura le habían prohibido escribir en el periódico, pero no hablar con sus amigos, entre los que me encontraba.

A Denia acudían a veces el escritor Joan Fuster, el cantante Raimon y el escultor Andreu Alfaro. Yo había conocido a Ventura en Valencia durante la carrera de Derecho cuando él ejercía una agitación política en las tertulias del Kansas City y en el otoño de 1962 a veces lo veía en el puerto de pescadores de Denia. Yo quería ser escritor, pero esta obsesión de momento no había dado ningún resultado. Creía que bastaba con que a uno le gustaran las gaviotas. En realidad no se me ocurría nada, ningún argumento cómico o tenebroso, poético o vulgar, ninguna pasión o aventura, ningún personaje. Sólo me excitaba mirar la vida, oír el sonido y el silencio de la naturaleza, esperar el rayo; en cambio, Ventura sólo hablaba de política, estaba obsesionado con derribar a Franco. Venía del Frente de Juventudes con incrustaciones de carlismo, pasó a la socialdemocracia de Ridruejo con un toque de humanismo cristiano y terminó en un nacionalismo contestatario de izquierdas. Pisando las algas podridas vomitadas por el mar después de las tormentas de septiembre, me contaba los pormenores de la reunión de Múnich, de una extraña misa que les celebró un tal Jesús Aguirre, el primer cura al que vio vestido de paisano, con un aire de Capitán Araña porque a la hora de la represión desapareció del mapa. En España la prensa franquista había organizado una contraofensiva contra Europa, que fue motivo para que la solicitud española de entrar en el Mercado Común quedara prácticamente anulada, pero a mí me excitaba más la nube de gaviotas que acompañaba la arribada de las barcas de pesca a media tarde al puerto y los gritos de la subasta del pescado en la lonja.

En Valencia le habían montado a Franco una manifestación de desagravio. Miles de personas concentradas en la plaza del Caudillo vociferaban insultos y amenazas de muerte en el paredón contra los conspiradores de Múnich, y Ventura, unas veces pinchando berberechos con un palillo y otras sonriendo sin quitarse la pipa de la boca, oía en la radio estas bocanadas de odio que desde La Pedrera se expandían hasta el mar. Luego, en aguas de Denia, Franco se pavoneó unos días en el yate *Azor* y desde La Pedrera se le veía arar la mar entre el cabo de la Nao y Cullera protegido por un destructor de la marina de guerra con varios cañones por banda apuntando al Montgó. A veces fondeaba frente a Las Rotas y desde el yate mandaban una falúa al restaurante El Pegolí, donde le tenían preparada una paella de pollo y conejo con un «Viva Franco» y un «Arriba España» dibujados con tiras de pimiento rojo sobre la extensión del arroz. En algunos bares de la calle Marqués de Campo, al comentar este alarde alguien preguntó: «¿Es verdad que se han atrevido a escribir el nombre de Franco con pimiento rojo? Se necesita valor. Los hay que los tienen bien puestos».

Frente a estos hechos, Ventura me consideraba un frívolo porque sólo me interesaba la bajamar extasiada que hacía aflorar los erizos en los fondos de roca cerca de las calas, la luz inmóvil del mediodía que condensaba el aroma de brea en el muelle, donde los gatos dormían sobre las redes tendidas. Tal vez ser escritor consistía en saber expresar con las palabras exactas la sensualidad de la bruma dorada que se levantaba y se abría hasta dejar un sol blanco suspendido en la mente. Ésa era mi filosofía. Pero Ventura me dijo: «¿Sabes qué es la filosofía? Según Joan Fuster, la filosofía consiste en agarrar a una vaca por los huevos». Ningún contubernio, ninguna política por muy honesta que fuera me conmovía, sino el resplandor en los párpados cerrados como una verdad cierta e indemostrable, eso era lo que me gustaba. Por otra parte, mi fe en Dios ya se había balanceado en el firmamento en las noches de verano bajo las vagas estrellas de la Osa. Cada verano yo hacía firmar al propio Dios en el libro de visitantes ilustres de Denia y mi idea era que debía comportarse como un buen turista alemán aunque fuera teólogo, y aceptar las reglas de este paraíso: no molestar, no alterar la siesta de nadie, no tener ninguna iniciativa, dejar que la cadencia de las horas dulces se posara en el corazón y no tomar nunca represalias contra ninguna clase de placer. Ésa era mi teología. Yo entonces aún creía en un Dios sonriente y hablaba de esto con Ventura mientras tomábamos una cerveza en las terrazas del puerto a la sombra de los plátanos siguiendo con los ojos a las primeras chicas de piernas largas y sandalias grecolatinas. El talante consistía en estar delgado, en saber alemán, en ser un poco cínico, malvado y despectivo contra toda la caspa franquista y los emblemas de la España negra. El placer de la cultura entre los exquisitos ya no podía separarse del goce de los sentidos. El marxismo se había convertido en un método de trabajo, pero lo elegante consistía en ir un poco más allá, donde estaban los dioses inmorales que le hacían a uno feliz por cuenta propia y comprometido sólo consigo mismo sin tener que responder ante el elemento de la célula encargado de la ortodoxia.

Al parecer Franco se había dado cuenta de que su reacción ante el Congreso de Múnich había sido un grave error. Unas semanas después, el 10 de julio de 1962, liquidó al ministro Arias-Salgado, que ocupaba el cargo desde 1951 y al que Franco hacía responsable de la histeria de la prensa sobre Múnich. El ministro sólo sobreviviría unos días a su destitución. Herido en el alma al perder el favor de su Caudillo, murió de melancolía, como en las viejas crónicas, en la escalera de su casa en la calle de Hermosilla. La noticia llegó mientras tomaba uno de aquellos aperitivos con Ventura en un bar del puerto de Denia: «Los españoles ya no tenemos la obligación de ir al cielo a patadas. Podemos elegir con toda tranquilidad el infierno que más nos guste», dijo Ventura elevando como brindis una pata de pulpo seco. «Quiero ir a un infierno donde haya palmeras», contesté con otra pata de pulpo en la mano.

A Gabriel Arias-Salgado le sustituyó Manuel Fraga en el Ministerio de Información y Turismo. Su principal misión consistía en mejorar la imagen internacional del franquismo. Todo quedó muy claro en su discurso de toma de posesión: «Llevamos veinticinco años en los que, con un nuevo estilo y un jefe inigualable, se ha realizado una obra que vamos a continuar para llenar esa importante página de la historia que ya está escribiendo el Generalísimo Franco. ¡Viva Franco! ¡Arriba España!». Para empezar, fue recibido por una huelga de mineros en Asturias, silenciada completamente por la prensa. En todo el país se desató una gran campaña de solidaridad. Muchos huelguistas fueron detenidos, torturados y encarcelados, a algunas de sus mujeres combativas se les rapó el pelo al cero. Ramón Pérez de Ayala, Vicente Aleixandre, Pedro Laín Entralgo, Fernando Fernán Gómez, Aranguren y hasta cien artistas e intelectuales publicaron una carta exigiendo información sobre los sucesos de Asturias. Fueron represaliados. Mientras tanto, Fraga inauguraba paradores, bautizaba costas, levantaba muros de cemento en los litorales, a medias entre el fascismo y la especulación, ambas pasiones ponderadas por el mal gusto a cargo de promotores de cuello gordo, analfabetos y con mucha barriga. La Guardia Civil aún se paseaba por la arena de las playas con mosquetón al hombro y la testa charolada y apuntaba sólo con el dedo el esternón de las chicas en biquini, que quedaban paralizadas de espanto. Las actrices de cine salían de la bañera siempre envueltas con una toalla y Fraga comía nécoras con cuchara, se bañaba en Palomares con calzones antinucleares, que resistían a las bombas de hidrógeno, pegaba escopetazos de perdigones en el culo de la hija de Franco en las cacerías y cortaba el hilo del teléfono de un tijeretazo si el interlocutor se ponía pesado. En caso de tener una amante, habría sido de esos que suben a su apartamento, dejan el taxi esperando en la calle, arriman a la mujer de pie contra un armario y con los pantalones en los tobillos, sin quitarse los zapatos, se satisfacen y luego bajan disparados, se largan al primer bar y piden también a toda prisa una de calamares y se ponen a jugar a los chinos. Eran los tiempos en que Adolfo Suárez todavía bajaba a comprarle tabaco a Herrero Tejedor, ministro del Movimiento.

A cada cambio de gobierno seguía una condena a muerte. Franco se aseguraba así la firma solidaria de la sentencia capital de los nuevos ministros para tenerlos trincados hasta el fondo de la conciencia. Poco después de llegar Fraga al ministerio, se produjo la captura, juicio sumarísimo y ejecución del militante comunista Julián Grimau. Fraga también se tragó con gusto el anzuelo.

1965

Julián Grimau recibe el último plomo de la guerra civil y el padre Aguirre se convierte en una estrella, cazador de mariposas

Jesús Aguirre quería dejar atrás los traumas familiares y provincianos de Santander. Amparado por monseñor Federico Sopeña, obtuvo un empleo de vicario en la iglesia de la Universitaria y allí se convirtió en una estrella. En 1963 también ejercía de capellán en el Colegio Mayor César Carlos, donde se hospedaban posgraduados que preparaban oposiciones a cátedra universitaria, a diplomacia y a altos cuerpos de la administración del Estado. Era un colegio de élite, ubicado en un elegante chalé de la colonia Metropolitano, con perfume de buenas maderas, escaleras alfombradas, vitrales emplomados y lámparas de mil lágrimas, todas de felicidad para no más de treinta escogidos residentes. Comenzó como un reducto falangista, fundado por un Rodríguez de Valcárcel, para terminar siendo un foco de rebeldía liberal. Allí Jesús Aguirre zascandileaba, tal vez bendecía la mesa y conspiraba consigo mismo. Iturriaga, un alumno que luego fue embajador, se lo quitaba de encima: «Anda, Jesús, vete a merendar y no me des el coñazo». Allí conoció a Raúl Morodo, a Elías Díaz, a García Añoveros, a Pío Cabanillas, quien llegado el momento lo nombraría director general de Música, y a Matías Cortés, que un día le presentaría en Marbella a los duques de Arión y a través de ellos a la duquesa de Alba, una bifurcación esencial de su vida.

Aguirre nunca tuvo buenas relaciones con las autoridades eclesiásticas oficiales: ni con el arzobispo Morcillo, un antediluviano que por vergüenza había hecho cambiar el nombre de su pueblo Chozas de la Sierra por el de Soto del Real, ni con el obispo Eijo y Garay, que iba al trinquete de Recoletos en compañía de una amiga coja. En cambio, se llevaba muy bien con monseñor Benelli, brazo derecho del nuncio que luego sería papable. Paradójicamente, Tierno Galván y Nicolás Sartorius, ambos ateos formales, le introdujeron en la nunciatura y, dejado a su aire, al poco tiempo, Jesús Aguirre ya tomaba por las tardes un té con pastas con el representante del Vaticano charlando de florituras teologales.

En 1963 Jesús Aguirre trataba de hacer compatible la musicología de Adorno con el apostolado sociológico entre las élites progresistas de Madrid, quería disolver la teología de Romano Guardini con la estética idealista y el neomarxismo crítico de Walter Benjamin con una misma pulsión de amor a Cristo y al martini seco, formando con ello una sola mística. Así comenzó a flotar entre la minoría selecta del Colegio Mayor César Carlos, cuando en las sobremesas les hablaba a sus amigos de la unidad precristiana de Plotino bajo el tintineo de cucharillas y tenedores de alpaca.

Era un tiempo en que los televisores en blanco y negro de veinte pulgadas con cortinilla y coronados con flores de plástico lanzaban los primeros frigoríficos al aire de una España de clase media envuelta en espuma de jabón Lux. A las amas de casa desde la pantalla se les aconsejaba que fregaran los platos con un determinado detergente que dejaba las manos suaves para la caricia nocturna. Al Seat 600 lo acababa de adelantar por la derecha el Renault Dauphine en su escapada a Benidorm cuando en los cines de Italia se exhibía la película *Il sorpasso* de Vittorio Gassman con una musiquilla del claxon, el himno de la modernidad desenfadada que pronto traería a España un sueño de descapotables.

La gente entreveía ya el primer placer del consumo de pollos al ast entre boleros de Los Cinco Latinos y bailes muy pegados de sudor perfumado en Micheleta con aquellas chicas de faldas tubulares, cuando un día a la superficie de una sociedad dispuesta a olvidar la aciaga desdicha del pasado, afloró de pronto el nombre de un clandestino desde el fondo negro del franquismo. La noticia consistía en que un comunista llamado Julián Grimau, hombre al parecer muy importante y peligroso, se había arrojado al vacío por una ventana en la trasera de la Dirección General de Seguridad. Ese nombre acaparó la conversación en las redacciones de los periódicos y los claustros de la universidad hasta terminar por apoderarse de las sobremesas familiares. Poco a poco se iban sabiendo cosas. Julián Grimau pertenecía al comité central del Partido Comunista y había sido enviado a Madrid por la dirección desde París. Fue delatado y en noviembre de 1962 la policía lo detuvo en un autobús cerca de la plaza de las Ventas, como no podía ser de otra parte dado que se trataba de una misma forma de lidia ibérica. Durante los interrogatorios en la Puerta del Sol se dijo oficialmente por medio del ministro Fraga que el convicto había tenido un trato exquisito, pero que en un momento de descuido se había subido a una silla y, aunque iba maniatado con formidables esposas de gran calidad, pudo abrir una ventana y de forma inexplicable había logrado saltar a la calle desde un despacho del tercer piso hasta el asfalto de un callejón, donde cayó como un guiñapo entre unos furgones de policía allí aparcados. Junto a aquellos furgones había uno preparado por la funeraria, según contaron algunos testigos, pero había sobrevivido de milagro con graves heridas en el cráneo.

Toda la clandestinidad comenzó a movilizarse. A Julián Grimau se le iba a juzgar por supuestos crímenes cometidos durante la guerra civil, que hacía más de veinte años que había terminado. No había modo de sacudirse aquel cuervo de la conciencia colectiva. Se puso en marcha la recogida de firmas de un manifiesto para salvar a Grimau de la pena de muerte anunciada. A Javier Pradera, miembro del Partido Comunista, le correspondió recabarlas en el Colegio Mayor César Carlos y allí se encontró por primera vez con el capellán Jesús Aguirre, quien muy suelto de ideas y maneras le ayudó a vencer la resistencia de algunos residentes timoratos o dubitativos. Esta circunstancia trágica fue el inicio de una amistad que ya no se extinguiría. No se sabe quién de los dos ejerció en este caso de Capitán Araña. De hecho Jesús Aguirre tuvo la sensación de que Adorno y Walter Benjamin estaban de más en esos días de plomo y tampoco servían para este caso las voladuras cósmicas de la teología impoluta de Teilhard de Chardin.

En el extranjero hubo conatos de incendiar algunas embajadas españolas y en el bulevar de Saint-Germain de París se realizó una gran manifestación de protesta contra el juicio de Grimau, que había comenzado a celebrarse en los juzgados militares del barrio de Campamento el 18 de abril de 1963, y entre la multitud aparecía tres filas detrás de la pancarta la pipa de Jean-Paul Sartre y no muy lejos de este intelectual comprometido iba una joven brasileña que se llamaba Solange, según vi después en un recorte del periódico *Le Figaro*, que ella trajo a Madrid en el bolso.

Mientras se celebraba el juicio contra Julián Grimau ardía la Feria de Abril en Sevilla y Jesús Aguirre, que estaba muy lejos todavía de imaginar que un día sería un personaje ducal en la barrera de la Maestranza con un nardo en la solapa, ahora se veía obligado a apearse de las esferas celestes y ensuciarse las manos con la realidad. ¿El famoso compromiso del marxismo podía remediarse con una misa? Después del juicio sumario por supuestos crímenes cometidos ya prescritos sólo cabía esperar que Franco conmutara la pena de muerte a la que había sido condenado el reo sin deliberación del tribunal. «Que pase la viuda del acusado», se decía en estos casos.

Al mismo tiempo que sucedía esta tragedia política Berlanga estaba rodando la película *El verdugo*, con guión de Rafael Azcona. En este alegato contra la pena de muerte el encargado de ejecutar la sentencia tiene que ser arrastrado a la fuerza hasta los palitroques del garrote por los funcionarios de prisiones al negarse a cumplir con su oficio. Cuando se estrenó esta película Julián Grimau acababa de ser ejecutado y también en su caso, como una premonición de arte, hubo una resistencia por parte del pelotón de fusilamiento. En teoría le correspondía a la Guardia Civil apretar el gatillo, pero su director alegó que sólo tenía la responsabilidad de custodiar al reo. Por su parte, el capitán general se negó a que fuera ejecutado por militares de carrera. Fue el propio dictador quien dio la orden de que a Julián Grimau lo fusilara un pelotón de soldados de reemplazo que, sin experiencia, al parecer, según los testigos, tuvieron que disparar hasta veintisiete balas sin acertar mortalmente con ninguna y hubo de ser el teniente el que rematara al reo con un tiro de gracia en la nuca. Este militar acabó años más tarde en un psiquiátrico al no lograr disolver este crimen en su conciencia.

Mientras el futuro ajusticiado estaba en capilla, Jesús Aguirre convocó a sus fieles más próximos y comprometidos a una misa casi clandestina en la Universitaria por la suerte del alma de Julián Grimau y para la ocasión lució una casulla negra con grecas de plata, y previendo que a esa hora ya estaría muerto oró un responso con hisopo cuya agua bendita lanzó al vacío, y para eso se invistió con una capa pluvial también tan negra como la España que trataba de exorcizar. Este acto litúrgico fue considerado como una proeza por lo que pronunció en la plática. La Iglesia fue fundada por un inocente condenado a muerte y sigue siendo un escándalo que, pese a tener a un crucificado inocente como símbolo, sea partidaria de la pena de muerte y haya callado una vez más en este caso. ¿Dónde están nuestros obispos? ¿Por qué es de plomo también su silencio?

Pero en la televisión la escueta noticia del cumplimiento de la sentencia capital de Grimau en la madrugada del 20 de abril de 1963 fue acompañada de imágenes de Ava Gardner y de Orson Welles en la Feria de Sevilla, de anuncios de Soberano, de lavadoras Balay, de la tortilla de patatas familiar los domingos entre los pinares de la sierra, del horizonte de Marbella donde se decía que había fiestas paganas junto a piscinas en forma de riñón.

«¿Tú eres partidaria de la pena de muerte?», le pregunté a la explosiva Solange. «No soy partidaria de la pena de muerte por la simple razón de que un día me la podrían aplicar a mí», me contestó. En Madrid una de mis hazañas en ese tiempo había consistido en beberme a medias con Solange una botella de ron que le había regalado Sartre en París, al cual a su vez se la había regalado Fidel Castro durante su visita con Simone de Beauvoir a La Habana. A la tercera copa le formulé la pregunta existencialista de rigor: «¿Te acostaste con Sartre?». Me contó algunos pormenores de la conquista. Su primera cita fue en el café de Flore, con la pipa interpuesta y los requiebros sinuosos a través del humo con sabor a chocolate. Dado el cuerpo explosivo de la chica y la admiración que sentía por el filósofo, apenas hubo preámbulos. Sólo una palmada en el trasero almendrado en la escalera de su apartamento en la Rue Bonaparte. «Fue en un sofá en la biblioteca, que parecía preparado como un altar del sacrificio. Nada que merezca la pena recordar, nada que se saliera de las palabras rituales, de las pautas previstas de un conquistador profesional. "Je t'aime, ma petite mignone", ronroneaba en mi cuello, a mí, que le doblaba en envergadura; él, que era un pichoncito desplumado en mis brazos. Y yo le decía: "O, meu pobrinho!". Quiero ahorrarte detalles. En fin, una aventura para contarla el día de mañana a mis nietos. Alrededor de Sartre pululaban una docena de jovencitas que apacentaba la Beauvoir. Yo era demasiada mujer para un filósofo que en el último momento sólo estaba pendiente de quedar bien como galán maduro», me dijo Solange. «¿Y no se te pasó por la imaginación rechazar su oferta?», le pregunté. «Imposible. Sartre era mi ídolo y yo me habría considerado una infiel si no le hubiera rendido tributo.» Beber un ron de Fidel Castro, el libertador, pasado por el existencialismo de Sartre, compartido con una chica de singular belleza que llevaba dentro un caballo de fuego, me pareció una cumbre. Sucedió en un hostal del barrio de Argüelles, cerca de la casa de las Flores, donde en tiempos de la República Neruda y García Lorca se disfrazaban de sultanas. Fue la primera vez que oía una bosanova con el título *La chica de Ipanema*.

Una vez cumplidas las prácticas de alférez en el Inmemorial, sin oficio ni beneficio, seguí obedeciendo el destino de mis zapatos por Madrid. Ellos me llevaban al café Gijón, a las Cuevas de Sésamo, a tomar patatas bravas en la plaza de Santa Ana, al bar de Cultura Hispánica donde acudían muchas chicas latinoamericanas, a los bailes de la Casa do Brasil, hasta que un día sin horizonte alguno me encontré en la cafetería Yago, de la calle Princesa, con un cuaderno y un bolígrafo escribiendo la forma absurda en que se mató en la vespa mi amigo Vicentico Bola, que pesaba más de ciento cuarenta kilos.

Mientras esto sucedía, Jesús Aguirre comenzaba a triunfar en la iglesia de la Universitaria y en ciertos ambientes intelectuales se decía que había un curita con el pico de oro que impulsaba por los aires a un tal Teilhard de Chardin, le disparaba con un dardo encendido y lo hacía caer desde las galaxias a los pies del altar abatido como una perdiz roja. Pancho Pérez González, fundador y propietario de Taurus en Santander, vendió la editorial al Banco Ibérico y Jesús Aguirre comenzó a dirigir las publicaciones religiosas gracias a la admiración que le tenía la mujer del banquero Fierro, su nuevo propietario, a la que había confesado y absuelto de sus pecados, sin duda todos veniales.

1973

Sucedió en Madrid el milagro del copón de oro mientras Carrero Blanco volaba a los cielos

La llamada generación literaria del 36, compuesta entre otros por Luis Rosales, Dionisio Ridruejo, Luis Felipe Vivanco, Camilo José Cela, Laín Entralgo, Torrente Ballester, Antonio Tovar y el mercantilista Rodrigo Uría, tenía la costumbre de reunirse una vez por semana a tomar café por rotación en la casa de uno de ellos. También asistía a esa tertulia el pintor Zabaleta cuando venía a Madrid desde Quesada, un pueblo de Jaén. Esta vez Torrente ejercía de anfitrión y García Hortelano, amigo de Marisé, una de sus hijas, aunque no pertenecía a esa generación, era un invitado añadido, que en lugar de café tomaba gin tonic, según su costumbre.

En esas tertulias caseras de media tarde se hablaba de todo y de nada, aunque cada uno de los contertulios estaba muy cargado de recuerdos. Sobre la muerte de García Lorca podía hablar Luis Rosales, ya que el poeta había sido detenido en su casa, en el número 2 de la calle Angulo de Granada, donde se había refugiado. Ridruejo podía dar detalles de su exilio interior en Ronda y en Cataluña por haberse enfrentado al franquismo y del partido socialdemócrata que pensaba fundar. Cela pudo haber soltado cualquier animalada como un sargentón fascista con voz tonante, que dejaría apabullado al poeta Vivanco. Antonio Tovar ya había repetido mil veces la escena de la entrevista de Franco con Hitler en aquel vagón de tren en la estación de Hendaya en la que él intervino como intérprete. Y también Torrente podía insistir en cualquier caso de monjas emparedadas en alguna sacristía de Santiago de Compostela, en algún crimen del deán y en otras milagrerías. A veces asistía a la reunión el fotógrafo húngaro Nicolás Muller y sacaba algunas placas.

Según García Hortelano, se estaba hablando en ese momento del libro que iba a sacar Laín Entralgo sobre el descargo de conciencia de aquella generación que había participado en la Falange, cuando la mujer de Torrente le llamó desde la puerta del pasillo. El escritor abandonó el salón, circunstancia que aprovechó García Hortelano para pedir otro gin tonic.

Al poco rato Torrente Ballester volvió desolado a la reunión. Traía una noticia extraña, que al principio sus amigos creyeron que era una de sus historias de milagros. En la habitación de su hijo Gonzalito habían aparecido debajo de la cama dos candelabros de plata labrada y un copón de oro lleno de hostias. El escritor juró que no era una más de sus ficciones mágicas. Uno tras otro, todos los componentes de la generación del 36 abandonaron las butacas y los sofás del salón para dirigirse al cuarto de la aparición milagrosa. Ridruejo, el más aventado, levantó las faldas del cubrecama y los demás doblaron el espinazo para ver lo que había debajo del lecho, y ninguno dejó de soltar una exclamación de pasmo o de sorpresa. En efecto, entre los dos candelabros de plata antigua relumbraba el oro de un copón cargado de obleas. Nadie se atrevió a tocar aquel alijo prodigioso. Las hostias podían estar consagradas, en cuyo caso el hecho de tocarlas sería un sacrilegio.

Después de algunas opiniones contradictorias y devaneos desesperados, en un acto de inspiración exclamó Ridruejo: «Hay que llamar al padre Aguirre. Es el único que tiene tablas para solventar este asunto». Camilo José Cela dio su parecer: «¡Qué coño, ése ya no es cura!». Otros protestaron. «¿Cómo que no? Algún resabio le quedará.» Al final se pusieron de acuerdo y volvieron al salón. Laín Entralgo llamó a la editorial Taurus. Era pasada la media tarde y Aguirre ya no estaba en el despacho, pero la voz que contestó al teléfono, un empleado llamado Sacarino, dijo que sabía dónde encontrarlo. Lo más seguro es que a esa hora el cura Aguirre estuviera en el pub de Santa Bárbara. Allí fue a buscarlo un emisario, quien le dio el aviso de que le requerían para un caso de extrema gravedad en casa del escritor Torrente Ballester de la avenida de los Toreros.

Durante el camino Aguirre pensó que le llamaban para dar la absolución a algún escritor infartado de los allí reunidos, pero al llegar a la casa de Torrente Ballester no los encontró compungidos, sino a unos admirados, a otros preocupados, a alguno divertido y a García Hortelano con un nuevo gin tonic en la mano. Explicado el caso de forma sucinta, el padre Aguirre pidió ver el alijo y fue acompañado por todos hasta la habitación. Se arrodilló junto a la cama, alargó el brazo, cogió el copón y lo llevó hasta el salón y lo depositó sobre la mesa de centro, donde había tazas de café y restos de bollería, Camilo José Cela había cargado con los dos candelabros de plata, había seguido al padre Aguirre y previendo la ceremonia que iba a tener lugar había prendido las ocho velas con el mechero, y la mesa de centro se convirtió en un improvisado altar. Al amparo de la luz casi tenebrosa de los candelabros que echaba las sombras puntiagudas de los escritores contra las paredes de la estancia, como en la película expresionista *Nosferatu*, el padre Aguirre reclamó la atención de los presentes y con la voz debidamente engolada pronunció con autoridad estas palabras: «La santa madre Iglesia, en un canon, que en este momento ya no recuerdo, dice que cuando se encuentren unas obleas fuera del sagrario, en caso de duda se considerará que están consagradas, así que procedamos como Dios manda». A continuación pidió a todos los presentes que se arrodillaran porque iba a darles la comunión y todos consternados así lo hicieron, pero dado que en el copón había más de trescientas hostias les advirtió que no iba a ofrecérselas una a una, sino en pequeños tacos para abreviar «porque él había quedado con un amigo y no terminaría la ceremonia hasta la madrugada». «Deberán ustedes sacar la lengua lo más posible, disolver las formas en la boca, sin rozarlas con los dientes, y tragárselas sin masticar, ¿de acuerdo?», advirtió.

Toda la generación del 36 se arrodilló sobre las baldosas. Toda excepto García Hortelano, que permanecía repantigado en un sofá con el gin tonic en la mano. El padre Aguirre, en medio del corro con el copón, les dio de comulgar. *Corpus domini Iesu*

Christi custodiat animam tuam in vitam aeternam, Amen..., murmuraba el cura y cada escritor sacaba la lengua en el momento oportuno con más o menos fe o devoción. Cuando el taco de sagradas formas llegaba a su altura, García Hortelano se limitaba a decir: «Paso, padre». Tampoco Camilo José Cela desaprovechó la ocasión de soltar la inevitable blasfemia: «Aunque estén consagradas me gustaría tomarme estas hostias con un poco de mistela y mermelada». El pintor Zabaleta, enfermo del corazón, tuvo que ser abanicado por el padre Aguirre debido a una congestión que le dio al atragantarse. Probablemente fue ésta la última ceremonia en que Jesús Aguirre ejerció el ministerio sacerdotal.

Pocos meses después de este milagro recibí una llamada de Dionisio Ridruejo y fui a su casa de la calle Ibiza. Me recibió en su despacho rodeado de libros por todas partes. Dijo que estaba pasando por ciertos apuros económicos y me pidió que tratara de ayudarle a vender un óleo de Zabaleta. El pintor había muerto por no pagar al médico. Un día se sintió mal y tomó el autobús desde Quesada a Jaén, donde a las cuatro de la tarde tenía cita en la consulta del cardiólogo. Mientras esperaba la hora en un café se encontró con un paisano que volvía al pueblo en su coche particular. Zabaleta dudó entre ir al médico o aprovechar la oportunidad de volver a Quesada ahorrándose el billete del autobús. Decidió saltarse la visita al cardiólogo para volver gratis con su amigo a casa. Poco después le dio un infarto y murió.

Ridruejo tenía un bodegón de Zabaleta, con una jarra, unos panes y un florero. Concertamos el precio, según mis conocimientos del mercado del arte. Luego hablamos de política. De cualquier cosa. Realmente de aquel hombre enteco, que a simple vista no tenía salud, emanaba una elegancia moral y fortaleza interior absolutas. Estaba creando el partido socialdemócrata, cuyos militantes cabían en un taxi, entre ellos Juan Benet, con todas las bendiciones del padre Aguirre. La operación de arte fue rápida y correcta con ayuda de Juana Mordó.

El éxito me llevó a recibir otra llamada. Esta vez al otro lado del teléfono estaba la mujer de Laín Entralgo. También quería vender un Zabaleta. Acudí a su casa, un piso muy profesoral situado en el ático de un pabellón universitario de la Moncloa. Primero hablamos de literatura. Iba a publicar un libro en Taurus con el padre Aguirre. Laín conservaba la serenidad y nobleza en el porte que me recordó a la descripción que hizo de él Juana Mordó cuando lo vio en el Ateneo en los años cuarenta dando una conferencia y quedó admirada por su diseño varonil orlado por dos donceles falangistas con estandarte. El Zabaleta de Laín también era un bodegón. El pintor pudo haber regalado a sus amigos un cuadro de pastores, que era lo más cotizado, pensé. Si fue lanzado al mercado con las bendiciones de estos intelectuales, me parecía un acto más de su famosa cicatería. A Laín también lo despachó con otra jarra, unos panes y un florero. La operación fue rápida y correcta. Tanto Ridruejo como Laín recibieron el dinero, como un don llovido del cielo y a la vez como una materia vulgar que manchaba las manos.

El segundo éxito provocó la tercera llamada. Luis Rosales tenía otro Zabaleta, otro bodegón, éste de mejor calidad, puesto que tenía un paisaje al fondo y estaba pintado con una paleta más alegre. Estaba citado a las diez de la mañana en su casa de la calle Altamirano y era cerca de Navidad. Un altavoz derramaba villancicos sobre los puestos del mercado de enfrente. Mientras los pastores iban a Belén a ver al Niño en la cuna, de pronto un tipo que vendía pollos salió de una tienda diciendo que habían matado a Carrero Blanco. A esa hora ya se sabía que no había sido una explosión de gas y en los corrillos de la acera se contaban algunos pormenores del atentado. Había sido ETA. Había volado por los aires. Su coche había caído en una terraza interior de un patio del colegio de los jesuitas. La operación del tercer Zabaleta fue correcta, pero no tan rápida porque una sombra muy negra cayó sobre Madrid, aunque muy pronto se puso de moda ir por la noche con una botella de champán a celebrarlo junto al enorme socavón de la calle Claudio Coello. Por fin el dinosaurio un millón de años hibernado comenzó a mover el rabo.

1976

Muerto el perro empezó la rabia y bajo
una nube de gases lacrimógenos aparecieron
las distintas figuras del teatro

Puesto que Franco había gobernado España durante treinta y nueve años como un cuartel, llegado el momento su muerte consistió en entregar su cuchara del rancho al sargento, que en este caso era el propio Satanás. El dictador se despidió de este mundo con cinco penas de muerte, que fueron ejecutadas en Hoyo de Manzanares al alba un septiembre negro en la noche más larga, mientras en la radio sonaba *Con un sorbito de champán,* de Los Brincos, y todo el mundo empezaba a creer que llegaban nuevos tiempos a España. Flanqueado por el brazo incorrupto de Santa Teresa, por el manto de la Virgen del Pilar y por toda suerte de reliquias, incluida la sangre sólida de San Pantaleón, su cuerpo formaba la parte menos interesante de un circuito de cables adherido a un monitor cibernético. La habitación de la clínica era a medias un cuadro de la España negra de Solana y un puesto de control aeroespacial, preparado para un despegue inmediato. Puertas y rampas.

Antes de ser trasladado al hospital de La Paz, los progres acudían a El Pardo en peregrinación nocturna a enterarse de la cuenta atrás, y el próximo fin del dictador era celebrado con solomillos de choto, de venado, conejos con tomate, platos típicos de los mesones de El Pardo. «¿Cómo está?», preguntaba el recién llegado a la mesa del restaurante. «Cómo está quién, ¿Franco o el conejo?», contestaba algún comensal. Franco desarrollaba heces en forma de melena y una noche fue operado de fortuna iluminado con faros de camión en las cocheras del propio palacio. Por un artículo en *Hermano Lobo* en que comentaba este detalle fui llevado a declarar ante el juez Chaparro, el mismo que poco después me encausó por desacato por otro artículo titulado «Paracuellos, mon amour», un delito común que no mereció ser contemplado por la ley de amnistía, aunque el fiscal Jesús Chamorro me rescató en el último minuto cuando ya estaba preparado el estoque.

Los españoles habían dejado morir a Franco en la cama. Algunos piensan que si no se hubiera retirado su capilla ardiente instalada en el Palacio Real, todavía hoy seguiría allí la cola petrificada de patriotas y curiosos que no estaban dispuestos a perderse la última visión del magnífico fiambre, unos para rendirle homenaje brazo en alto, otros para cerciorarse de que estaba realmente muerto. Tal vez sobre esa cola inmóvil habrían caído nevadas, vientos y soles, año tras año, pero por puro azar de la historia bajo una losa de mil kilos fue enterrado el dictador en Cuelgamuros, y desde sus propios genitales brotó una enorme cruz de granito de ciento cincuenta metros de altura llena de ángeles y evangelistas, prueba evidente de su complejo de castración. Era un rumor consolidado que a Franco en la guerra de Marruecos, con el tiro que le dieron en la barriga le habían volado también la bolsa con ambos atributos. Según los médicos se salvó de la septicemia porque antes de salir del cuartel cargado de hierros a matar moros por las trochas de Tetuán, esa mañana sólo había tomado un vaso de leche, como era su costumbre. El efecto mariposa de ese vaso de leche causó en España la tragedia de una guerra civil, seguida de una férrea dictadura de cuarenta años, que produjo después de la paz más de cien mil inocentes fusilados y enterrados en barrancos y cunetas.

Que los muertos entierren a los muertos, dijo el Señor en mala hora. Con los primeros pistoletazos fascistas de la Transición en el asfalto, Alfonso Fierro, cansado de un negocio que no entendía, revendió Taurus a su antiguo propietario y fundador Pancho Pérez González, personaje mítico de este sector. Las oficinas de la editorial se trasladaron a la calle Velázquez, 76, y el palacete de la plaza del Marqués de Salamanca pasó a la mitología con sus sombras de fiestas en el esfumado jardín. Al cambiar de lugar, la editorial también cambió de perro. El dálmata de Jaime Fierro que paseaba en el palacete entre libros se transformó en un enorme mastín blanco que entraba y salía de las oficinas de Taurus en la calle Velázquez, llevado con correa de lujo por Pedrusco, un joven y fornido anticuario, nuevo amigo de Aguirre.

Eran tiempos de gases lacrimógenos y de balas de goma, de saltos en la calle, de pancartas, gritos, pareados políticos y estampidas. Santiago Carrillo iba por Madrid emboscado bajo una peluca color tapa de piano. Comía con su millonario protector Lagunero en restaurantes de lujo para disimular su identidad amparado por una docena de ostras y era refugiado por los camaradas de casa en casa. El poeta maldito Carlos Oroza se había ligado a una francesa en el café Gijón. Ella le pagó la habitación en el hotel Nacional, frente a la plaza de Atocha, para ejercer una siesta del fauno. A media tarde comenzaron a oírse bocinazos y sirenas de la policía y hasta la cama llegaban los gritos de una manifestación de los obreros de la Pegaso. La chica preguntó muy alarmada: «¿Qué pasa ahí abajo, amor?». El poeta se levantó, fue hacia la ventana, apartó un visillo, miró la calle y se volvió a la cama. «Tranquila, sólo es una cosa de pobres», dijo muy seductor.

Al frente de su nuevo despacho, Jesús Aguirre seguía siendo un escritor sin libros, autor de prólogos y de algún artículo, pero daba conferencias sobre el diálogo de marxistas y cristianos y sobre sus experiencias de editor. Uno de estos actos se celebró en el Instituto Boston, en la plaza de Rubén Darío, con la sala repleta de mujeres de la progresía y señores democristianos, socialistas y liberales, muchos de los cuales habían participado en el Contubernio de Múnich. Era otra de las misas laicas que impartía a sus nuevos fieles Jesús Aguirre. Hablaba en su plática de Adorno, de Walter Benjamin y del caso Heidegger. En ese momento unos tipos que estaban de pie en la última fila abrieron unos bolsos de lona y soltaron unas ratas por la sala al grito de ¡Arriba España! Era una provocación de unos guerrilleros de Cristo Rey para poner a prueba a las feministas. Su propósito tuvo el resultado que ellos esperaban, aunque el éxito no fue absoluto. Por un instinto incontrolado, algunas mujeres se subieron a las sillas y al no guardar el equilibrio dieron en el suelo; otras se limitaron a gritar, pero las demás permanecieron impávidas sólo paralizadas por la ira en medio del barullo. Pasado el primer susto, las ratas ganaron la calle para buscarse la vida, todas salvo una, a la que un joven catedrático de Biología logró agarrar por el rabo, la exhibió ante el público balanceándola en el aire como un péndulo y, antes de arrojarla a una alcantarilla, exclamó: «Mirad. Así hay que hacer con los fachas». Fuera de la sala, a salvo en la calle Miguel Ángel, un cojo con gafas negras y muelas de oro llamado Rufino gritó a los suyos: «¡Larguémonos de aquí, chavales, misión cumplida!».

El atentado del despacho de abogados laboralistas de Atocha había marcado un punto de inflexión en el pulso contra los últimos ramalazos de la dictadura. Bajo esa nube negra alentaba el primer viento democrático irreversible y en ese momento Jesús Aguirre ya pilotaba con mucha soltura intelectual, entre la erudición y las frases malvadas, la dosis exacta de cinismo y el riesgo calculado en el negocio editorial, con Javier Pradera siempre al teléfono, con visitas de Hortelano y Benet, bajo la bendición laica de Pancho Pérez. En el despacho Aguirre solía recibir una llamada diaria de su madre, que vivía sola en la calle Francisco Silvela, en Madrid, en un piso de cuarenta metros cuadrados, y después de colgar el teléfono siempre decía: «Esta pesada nunca me dejará en paz», pero se ponía suave, meloso y encantador cuando la llamada era de la duquesa de Arión o entraba Pedrusco en el despacho sin llamar y el mastín se dejaba rascar las orejas mientras daba un par de lengüetazos a cualquier original que hubiera encima de la mesa en señal de aprobación. No eran tiempos propicios para la frivolidad. La masacre de los abogados de Atocha le había devuelto a Jesús Aguirre una pulsión nostálgica de otros tiempos. Lola, la antigua novia de Enrique Ruano, se había salvado de milagro en ese despacho con un balazo en la mandíbula, y su marido Javier Sauquillo había sido acribillado. Ya no podía celebrar una misa por su alma. Ahora sólo cabían las lágrimas laicas. Aunque sea muy difícil, hay que imaginarse a Jesús Aguirre llorando.

No obstante, frente a la duda de si volvía a galopar el caballo de Pavía para aplastar con sus herraduras los primeros sueños de libertad, en la editorial Taurus se sucedían presentaciones de novedades, fiestas y saraos de cultura. Una tarde de primavera de 1976, los salones y pasillos de Velázquez, 76 estaban abarrotados. Se presentaba un libro sobre Julián Besteiro. Sólo unos pocos, los más cualificados entre aquella densidad de escritores, poetas y políticos que efectuaban remolinos en torno a las bandejas de canapés, sabían que esa tarde podía aparecer un caballo blanco. Aguirre esperaba muy nervioso una llamada de aviso y ésta no se produjo, pero supo que algo distinto sucedía en la sala porque de pronto se oyó un rumor cuando apareció en el rellano un joven moreno, de patillas hasta media mejilla, traje de pana rayada, camisa de leñador y melena sobre las orejas, rodeado de unos tipos cuajados que le abrieron paso hacia su despacho también abarrotado sin que los invitados al cóctel lograran adivinar quién era aquel ser que llegaba orlado de guardaespaldas. Ante la jurisdicción de Jesús Agui-rre, después del abrazo y las palmadas en la espal-da muy madrileñas, aquel joven sacó del bolsillo un puro Montecristo, lo encendió con parsimonia y después de tres caladas cadenciosas, alguien mandó silencio al público apiñado para que el recién llega-do pudiera ser oído. «Me llamo Felipe González y soy el secretario general del Partido Socialista Obre-ro Español», dijo sonriendo. Y siguió la fiesta de pre-sentación como si nada, pero desde ese momento aquel joven moreno dejó de llamarse Isidoro, apo-do de guerra, y con su nombre y apellidos comenzó una larga batalla política.

A este joven no lo había confesado ni casado ni había bautizado a sus hijos el cura Aguirre, si bien años después, cuando Felipe González alcanzó el poder, el duque de Alba se vanagloriaba en los salo-nes de la aristocracia de que el líder socialista había salido de la alcantarilla por el sistema del butrón y había aparecido en su despacho de Taurus, donde fue bendecido por el estamento intelectual aglutinado en torno al diario *El País,* puesto que Pancho Pérez y Jesús de Polanco, que estaban presentes, ya habían unido sus intereses empresariales.

En las fiestas, en los bares y en los ascensores de los grandes hoteles sonaba *Mis manos en tu cin-tura,* de Adamo, una melodía amartelada que baila-ban los jóvenes con pantalones de campana, jersey con cuello de cisne y las patillas de hacha, ellas con minifalda, botas altas y sin sostén, pero los más mo-dernos y concienciados se enamoraron tarareando al oído de su pareja las letras de Léo Ferré, Jacques

Brel y Georges Brassens. Estas canciones envolvieron las primeras elecciones democráticas.

El teatro político acababa de subir el telón. En escena, frente al socialista Felipe González, consagrado en el congreso de Suresnes de 1974 por la bendición y el cheque del canciller alemán Willy Brandt, se alzaba la contrafigura del comunista Ramón Tamames, y en 1977 la izquierda tuvo que apostar entre estos dos caballos. Del líder socialista la opinión pública apenas sabía nada, porque los años de obligada clandestinidad habían proyectado sobre su persona extensas zonas de sombra. Se sabía que había empezado a hacer política en la sacristía de la catedral de Sevilla, donde un canónigo de buen corazón reunía a un grupo de obreros de Acción Católica y Felipe estaba allí como abogado laboralista y era amigo de un librero enamorado de Antonio Machado, que escribía piezas de café teatro de lady Pepa.

En cambio Tamames era un apellido muy sonoro en la sociedad madrileña. Este nuevo adalid había llegado al uso de razón en medio de un Madrid famélico, cuando Franco creía que el agua del río Henares podía convertirse en gasolina si se le añadían unas flores silvestres, según una fórmula que le había vendido y cobrado un húngaro muy espabilado. Tamames guardaba una memoria de bombardeos, lluvia de pan sobre los tejados, sopas de ajo, lentejas con gusanos, el primer *Cara al sol* en el asfalto de la ciudad y él asomado a la ventana viendo cómo se llevaban preso a su padre, que había sido comandante de Sanidad en el ejército republicano.

Le acusaban de haber intentado cambiar el nombre del pueblo extremeño Don Benito por el de Camarada Benito.

De pronto, cumplida la venganza franquista, en la baja posguerra, el apellido Tamames comenzó a sonar a través de los aparatos de radio, marca Invicta o Telefunken, siempre asociado a cornadas de toro. El padre de Tamames y un tío carnal eran unos famosos cirujanos especialistas en suturar femorales. Durante las famélicas cenas, en las noches estrelladas de verano en plena autarquía, los españoles oían el nombre del médico Tamames junto a un parte de enfermería, después de una minuciosa descripción de las dos trayectorias de la cornada de veinte centímetros en el vientre de cualquier torero, con salida o no del paquete intestinal. Cuando el 28 de agosto de 1947 el toro *Islero* hirió de muerte a Manolete en Linares el doctor Tamames fue llamado urgentemente desde Madrid, pero este cirujano llegó a la enfermería de la plaza cuando el héroe nacional ya estaba expirando. «Doctor, no veo», murmuró el torero dentro de una agonía más patética que la del Cristo de los Faroles. Esa frase se hizo muy famosa y elevó el apellido Tamames a los anales de la simbología de España.

El vástago Ramón estudió el bachillerato en el Liceo Francés, creció ancho de espaldas delante de Dios y de los hombres, logró las mejores notas con un talante de apisonadora. Un entusiasmo febril le impulsaba a ser el primero en todo, incluso en el amor a Cristo o en las carreras de cien metros lisos. Por ley natural, terminó la carrera de Derecho con un saco lleno de matrículas de honor, y se doctoró,

¿es necesario decirlo?, con premio extraordinario; estudió Ciencias Económicas, y repitió en ella el paseo por las cimas después de arrodillarse ante el padre Aguirre en el confesonario de la iglesia de la Universitaria. «¿Cuántas veces, hijo mío?», le preguntaba el padre Aguirre previo pescozón en la mejilla. «Muchas, muchas, más que nadie, padre», contestaba el también aguerrido y plusmarquista pecador.

Un toque de London School of Economics, un baño de Mercado Común en Bruselas, un último barniz de Ginebra como reflejo de Naciones Unidas y el producto ya estaba listo para consumir. Ramón Tamames se hizo técnico comercial del Estado. Dio clases en una academia, y con aquellas lecciones fabricó el libro *Estructura económica de España;* entró de profesor ayudante en la facultad, consiguió llegar a catedrático e iba con el maletín soltando conferencias por doquier a cien por hora con aires de galán intelectual.

A este vástago de famosos cirujanos taurinos le dio por la política y llevó a ella el mismo empuje de leñador con una visión apoteósica de las cosas. En el Congreso de Roma en 1976 fue elevado por Carrillo a un puesto en el comité ejecutivo, y ya que la política entonces era cosa de gente joven y guapa, todos le aclamaron como a un delfín en competencia con Felipe González, quien gustaba a las amas de casa por su atractivo físico y a los hombres por su labia. Tamames miró alrededor y se vio rodeado con espanto de fresadores, jornaleros y peones de albañil, pero seguía subiendo cimas y se escalaba a sí mismo por la pared norte todos los días con grandes golpes de tacón, basculando el tronco a contramano del péndulo de la corbata. Tenía una mujer de una belleza espléndida, hija del catedrático Prieto-Castro, y con ella se iba a bailar a la discoteca Mau Mau, mientras Carrillo iba emboscado por Madrid y un día aterido de diciembre de 1976 se apareció a los suyos sin peluca detrás de una cortina.

Cuando llegó la democracia, en los altos despachos algunos caballeros del régimen y otra gente biempensante de la sociedad madrileña se hacían cruces al enterarse de que ese muchacho fuera un rojo siendo tan guapo y de buena familia. Nadie se explicaba que un comunista no llevara barba. Creían que estaría cabreado por algo que no se sabía. En cambio, los de la base se sentían orgullosos de él. Era un rojo homologable a escala europea, con un diseño tipo Berlinguer, rico, infatigable y con un guiño de modernidad, lo que se dice un rey de simposio. Tamames también creía que el comunismo español iba a ser como el italiano, algo no reñido con el aperitivo de Campari en las terrazas de moda, una fuerza social mayoritaria muy ciudadana, poco campesina, elaborada por intelectuales con melena, gafas de gordos barrotes y trenca con capucha, un caldo de política casi erótica donde podría nadar estilo mariposa y llegar, como siempre, el primero a la meta.

Paco Fernández Ordóñez me contó un día ante unos huevos estrellados de Casa Lucio que en un Consejo de Ministros del gobierno de Adolfo Suárez, en medio de una crisis, alguien propuso como ministro de Economía a Ramón Tamames. Ordóñez advirtió: «Por mi parte estaría encantado, pero ¿cómo vamos a justificar la presencia de un comunista en el gobierno de UCD?». Simplemente a Ramón Tamames, en el subconsciente, sólo se le consideraba un chico listo de una buena familia de derechas con apellido muy sonoro.

Tamames se equivocó. Felipe González le había ganado la partida. Lo que se esperaba de los comunistas lo hicieron los socialistas. Unos años después, sus amigos de facultad estarían en el poder; unos, sentados en el Gobierno; otros, de pie en la sala de espera, y todos eran demócratas finos y reían con el esplendor de dientes de quien ha conseguido meter sus sueños por el ojo de una aguja, como los famosos camellos de la parábola. Desde la oposición anfibia, Ramón Tamames le pidió a Santiago Carrillo una oportunidad. «Bueno, tú serás concejal.» Había logrado todos los premios, había escrito gruesos volúmenes, había dado conferencias y mítines con mucha garra popular, estaba en la sede del partido la noche de Sábado Santo cuando lo legalizaron y allí recibía a los camaradas con los brazos abiertos, se había descamisado en las fiestas de la Casa de Campo, se había puesto gorritos de verbena y había bebido botas de vino común con sonrientes braceros sólo para llegar a teniente de alcalde y encargarse de la grúa municipal, mientras los socialistas se habían limitado a aprovecharse de la ola de surf para subir a la cresta del Gobierno. A partir de ese lance llegó el resentimiento.

Jesús Aguirre comenzó a escribir artículos en *El País*. García Hortelano decía que, una vez escritos, Aguirre llamaba a un secretario y le mandaba que echara las comas como la sal de un salero. Eran el resultado de un pensamiento culto y enmascarado atacado por un exagerado perfeccionismo. Poco después entró a formar parte del consejo de *El País* junto con Tamames. Era un cruce de caminos en el que uno iba a despeñarse ideológicamente en el internacionalismo herbolario, con sus derivados pacifistas, para convertirse en un ser antisistema que se encadenaba ante las centrales atómicas, y el otro emprendería la ascensión hasta el último peldaño de la escala social sin dejar la chaqueta a cuadros, el morral de Yves Saint Laurent y el chal color fucsia, nuevos ornamentos con que se paseaba cada año por la Feria de Fráncfort. Uno a través del comunismo descubrió el evangelio de las lechugas; a otro, las hechicerías teológicas que aprendió en Múnich le sirvieron para aposentarse en el corazón del ducado de Alba.

Uno de aquellos días en que brillaba sobre su cabeza toda la gloria de Fráncfort, encontré a Jesús Aguirre en la estación de Nuevos Ministerios plantado junto a la cabina del fotomatón como si estuviera esperando a alguien. Tenía mala conciencia y traté de que no me viera. Otra tarde desolada de domingo, con la estación casi deshabitada, lo volví a encontrar en el mismo lugar. Simulaba leer un periódico. Me produjo una sensación inquietante, cómo un tipo tan esteta podía estar allí, pensé, aunque yo desconocía cualquier tiniebla del personaje. Alrededor había mozalbetes con una pinta extraña. Esta vez cruzamos las miradas. Mientras me acercaba a hablarle, Aguirre parecía estar buscando una excusa para justificarse. «En Madrid, en domingo, no hay forma de hallar un sitio donde te vendan un sello», me dijo.

1977

Comienza a sonar música sinfónica para dorar los recuerdos. La barcarola de Los cuentos de Hoffmann *será la contraseña del asalto al poder*

Una tarde de 1977, en su piso de soltero, abigarrado de objetos, las paredes enteladas con colores calientes, con pañuelos de Hermès enmarcados, regalo de Jaime Fierro, removiendo con su índice los hielos del whisky lentamente según las enseñanzas que la gauche divine impartía en Boccaccio, Aguirre confesó que a lo largo de su vida había tomado varias veces la determinación de viajar a Barcelona con el único propósito de conocer a su padre. En un anaquel de su biblioteca, diseñada con madera de sicomoro por Jesús de la Sota, estaban los retratos de Aranguren, de Walter Benjamin y de Enrique Ruano, tres figuras ligadas a su intimidad afectiva e intelectual, que después trasladaría como iconos a su gabinete de duque de Alba en Liria. En aquella especie de boudoir, que era a medias gabinete de trabajo de Sherlock Holmes y laboratorio de distintos placeres a lo Georges Bataille, se hubiera movido con gusto Luchino Visconti. En la estantería tenía también una fotografía de su madre, pero ésta quedó aprisionada dentro de un volumen del teólogo Karl Rahner y no viajaría a palacio sino en un baúl de pertenencias, donde permaneció hasta el fin de sus días. Hubo un tiempo en que había soñado con poder unir a ella la imagen de su desconocido progenitor, de quien en familia se insinuaba y él estaba dispuesto a creer y fomentar que había sido marqués, gobernador militar o capitán general o un alto funcionario del Estado. Esa mitología servía para dorar su biografía con una estética de sonatas de Valle-Inclán. Por estas fechas Jesús Aguirre aún era sólo un editor que apacentaba los libros de Taurus con extrema soltura, aunque no todos se dejaban deslumbrar por su labia. Tenía también enemigos irreconciliables, por ejemplo Rafael Gutiérrez Girardot, cofundador de la editorial y primer socio de Pancho, profesor en Alemania, quien afirmaba que Aguirre confundía la Escuela de Fráncfort con la de Innsbruck, donde impartía Teología Karl Rahner, y sólo había leído a Adorno en las solapas de los libros que ya había traducido la editorial Losada en Argentina.

La primera vez que sintió la necesidad de conocer a su padre fue el mismo día en que recibió también la llamada de Dios y decidió entregar su vida a la Iglesia. Antes de ingresar en el seminario pontificio de Comillas pensó que debía hacer de su parte todo lo necesario por desvelar esa zona oscura de su memoria. Su madre le hizo desistir, todavía resentida, aunque le dio un número de teléfono y algunos datos, que su hijo conservó muchos años en la cartera. Siendo ya un diácono tonsurado, durante unas vacaciones de verano en que desde Múnich tuvo que pasar varias horas en Barcelona antes de tomar el tren, después de dejar su equipaje en consigna, sentado en un taburete de la cafetería Moka en la Rambla de Canaletas, pidió una ficha de teléfono y el camarero extrañamente no se la dio mojada, como solía ocurrir en Madrid, según decía Juan Marsé. Algunos clientes no evitaron un gesto de sorpresa al ver a un joven clérigo bebiendo un refresco rojo, tal vez un bíter Cinzano, con semejante desparpajo mientras marcaba un número en un extremo de la barra junto a la caja registradora. Sonó la llamada al otro lado. Descolgó el aparato una voz adolescente con acento catalán. Jesús Aguirre preguntó sin más por el señor de la casa y, como quien echa al albur una piedra en un estanque, a continuación se produjeron varias ondas de silencio en que el corazón del diácono estuvo a punto de saltar como un caballo entre la botonadura de la sotana. Una voz muy varonil y decidida preguntó quién llamaba. «Soy Jesús Aguirre, de Santander, el hijo de Carmen. Estoy de paso en Barcelona y quisiera verle», dijo balbuciendo. «¿Dónde está usted?», respondió de forma expedita la voz del otro lado. «En la cafetería Moka. Me reconocerá enseguida porque soy el único cliente del establecimiento que lleva sotana.» El interlocutor se mostró de acuerdo. Le dijo que estaría allí en media hora, un tiempo que Jesús Aguirre utilizó para bajarse del taburete de la barra, ir al lavabo, sentarse a la primera mesa de la entrada, fumarse varios cigarrillos, tomarse otro bíter Cinzano y simular que estaba leyendo muy interesado el diario *La Vanguardia Española*. Miraba a cada rato el reloj y cuando se hizo más o menos la hora comenzó a observar, a escrutar, a analizar el aspecto de los señores que entraban en la cafetería. Sobre cada uno realizaba un juicio sumarísimo. A unos por gordos, a otros por jóvenes, a otros por viejos, a todos por anodinos dentro de la masa gris de la humanidad, los iba repudiando como hijo. Deseaba que en el vano luminoso de la puerta de cristal se dibujara la silueta de un hombre fuerte, atractivo, jovial, de no más de cincuenta años, con el pelo ligeramente plateado y el rostro bruñido de soles mediterráneos. Sólo así podía ser un padre imaginable, según el retrato de familia, un galán con el diseño del actor italiano Rossano Brazzi.

No obstante, pasó una hora y no se presentó ningún señor que le dirigiera una mirada que no fuera de asombro al ver a aquel joven con sotana en una cafetería, un hecho extraño en aquella época. Jesús Aguirre se fue deprimiendo a medida que pasaba el tiempo, una vez que prácticamente todos los clientes del establecimiento se habían renovado, incluso el turno de los camareros que atendían a las mesas. «¿Desea usted alguna cosa más? ¿Está esperando a alguien, padre?» Era una ironía que le llamaran padre, precisamente. Muy nervioso, pidió la cuenta y tuvo que abandonar el local para no perder el tren. En el camino a la estación en el taxi, el locutor hablaba del gol que había marcado Kubala a pase de Manchón contra el Sevilla de Campanal en el partido del domingo anterior, según recordaba años más tarde, puesto que aquellos pormenores estaban grabados a fuego en el corazón humillado.

Lo intentó por segunda vez, siendo ya editor, en una fiesta de Taurus en la terraza Martini de Barcelona, después de haber pasado por el sótano de Gil de Biedma, tan negro como su reputación, según contaba el poeta en un verso. Eran los tiempos de la gauche divine. Estaba eufórico y un poco pasado de alcohol. Antes de desembocar en Boccaccio para hacerse el malvado sobre los peluches de terciopelo rojo entre Carlos Barral, José María Castellet, Gil de Biedma, Oriol Bohigas, Teresa Gimpera y Terenci Moix, que actuaba de acarreador de chismes de mesa en mesa, Jesús Aguirre hizo una parada en el bareto Boadas, en una esquina de la Rambla, y excitado por el público que abarrotaba el local marcó el teléfono que se sabía de memoria. El aparato no funcionó. Los teléfonos de Barcelona habían añadido una cifra, pero bastaba con marcar un prefijo determinado para solucionar el problema, según le dijeron después sus amigos en Boccaccio. Esta vez desde el santuario de la gauche divine, entre la alegre algarabía de sus amigos, echó otra piedra en el estanque y al otro lado del hilo saltó una voz de mujer muy amable, que permitió ser interrogada. El teniente coronel Prats había sido trasladado a Madrid, a un cuartel de Campamento. Jesús Aguirre tomó nota de la nueva dirección.

Sucedió en la galería de arte de Juana Mordó, en la calle Villanueva, durante una exposición de los pintores de El Paso, en homenaje a Manolo Millares, muerto en agosto de 1972. Juana Mordó había pedido a José Luis Aranguren que diera una pequeña charla en la galería para presentar su libro *Erotismo y liberación de la mujer* y que dijera unas palabras su amigo Jesús Aguirre, aunque el libro estaba editado por Ariel, algo que el propio Aguirre consideró una amable trampa. Iba a intervenir también un cuarteto de cuerda con unas piezas cortas de Boccherini. El acto venía anunciado en la agenda cultural de los periódicos, de forma que la galería se llenó de una fauna muy escogida, con los primeros coleccionistas de arte abstracto, arquitectos, ingenieros y publicitarios, a los que había que añadir artistas e intelectuales contestatarios cuyos nombres eran muy habituales en las firmas a pie de los manifiestos contra el régimen franquista.

Moviendo el hielo del whisky lentamente con la yema del índice en su piso de soltero de la plaza de María Guerrero, número 2, varios años después de aquello, Jesús Aguirre aún recordaba el momento en que se presentó en la galería aquel caballero pulido y encorbatado, con un diseño exterior que a simple vista no se correspondía con el resto de la concurrencia, adornada con barbas y melenas, vaqueros, chamarras y zapatones. En las palabras de bienvenida Juana Mordó había recordado la sorpresa que se llevó un día ya muy lejano al saber que Aranguren existía de verdad y que no era un pseudónimo de Eugenio d'Ors y que precisamente en las tertulias de su casa en la calle Rodríguez Sampedro había conocido también a Jesús Aguirre. Después Jesús Aguirre habló de su vieja amistad con el profesor desde sus años de Comillas, de Múnich y de la iglesia de la Universitaria. Al final de la charla, en la que Aranguren había exaltado la figura de la mujer en la sociedad hasta límites orgiásticos, comenzó a sonar Boccherini en medio de un silencio ya tosido, y fue entonces cuando se abrió la puerta y entró aquel hombre en la galería, se colocó de pie en la última fila, cruzó los brazos y fijó la mirada en Jesús Aguirre de forma obsesiva. «Sin conocerlo ni haberlo visto nunca, al primer golpe de vista supe que aquel hombre era mi padre», confesó. Mientras el cuarteto de cuerda tocaba *La Tiranna Spagnola, op. 44,* Jesús Aguirre no cesó de escrutar con todo pormenor a aquel ser que formaba parte esencial de su subconsciente. «Esto es cosa de Juana Mordó, de Aranguren y de Laín Entralgo, una conspiración entre los tres para que me enfrente de una vez con mi pasado», pensó. En las paredes de la galería estaban colgadas las arpilleras de Millares, sacos rotos y alquitranados con brochazos de sangre; los cristos crucificados de Saura; algunas alambradas y botas militares de Canogar; las cuchilladas de color amarillo de Viola, sacadas de las mangas de los personajes místicos de El Greco. Al final del acto se pasaron unas copas de champán y alguna bandeja con caramelos de fresa y de menta. Entre las cabezas del público apiñado en las dos salas, Jesús Aguirre y aquel hombre se buscaron y después de algún esfuerzo por abrirse paso se encontraron junto a una arpillera de Millares. «¿Me puedes explicar qué significa este cuadro tan horrible?», le preguntó el hombre. «Imagínate que son mis despojos después de haberme atropellado un tren», contestó Jesús Aguirre. «Por si quieres que hablemos, he reservado mesa en el restaurante La Corralada, está aquí al lado, los dueños son de Santander, me han dicho que preparan unas albóndigas extraordinarias», dijo el hombre como toda respuesta. No fue una cena muy agradable, tampoco demasiado ruda. Sentados a la mesa, se produjo entre ellos un silencio muy tenso. «Siempre imaginé que serías más seductor, más guapo», fue lo primero que dijo Jesús. «Un año fui lo suficiente guapo y gracias a eso estás tú aquí en este mundo. Después de todo, no te ha ido tan mal en esta jodida fiesta», respondió el hombre. «Mamá me contó que cuando vino a dar a luz a Madrid a escondidas como una furcia se cruzó en el ascensor del hotel con tu mujer.» El hombre hizo una mueca de indiferencia: «Es posible. Bueno, ¿y qué? Después de tantos años ¿no irás a reñirme ahora?». Jesús insistió: «Y seguiste diciendo que eras soltero y que te ibas a casar». El hombre pinchó una albóndiga con el tenedor: «Nada de melodramas, por favor. Por lo poco que sé de ti, no creo que sea tu estilo. No vayamos a joderla a estas horas. ¿Quieres mi apellido?». Jesús Aguirre negó con la cabeza: «Prefiero que comamos juntos estas albóndigas en paz. Sólo quería unir tu nombre a un rostro. Con eso me basta». El teniente coronel se quedó con la sonrisa de admiración y después continuaron hablando de otras cosas.

Esta escena la recordaba Jesús Aguirre aquella tarde de 1977 mirando a través de la ventana el último sol que doraba los cipreses y acacias de la plaza de María Guerrero, en la colonia de El Viso de Madrid, cuando recibió la llamada de Pío Cabanillas, ministro de Cultura, su viejo compañero del Colegio Mayor César Carlos, en que de forma ambigua le insinuaba que la reina doña Sofía y el presidente Adolfo Suárez parecía que no pondrían ningún reparo a su decisión de nombrarlo director general de Música. Semejante noticia le hizo saltar de la butaca, pero Aguirre trató de disimular su euforia. No era elegante expresar tanta alegría y se sirvió del ardid de poner una condición, por otra parte anodina. Sólo aceptaría el cargo si lograba que José María Guelbenzu le sucediera como director de Taurus, algo que se consiguió sin ninguna dificultad, dado el talento y la ideología del escritor.

La vida de Jesús Aguirre comenzó a tomar otra dimensión a partir de ese día. No es que la Dirección General de Música fuera un puesto muy relevante, sólo que le permitía entrar en política y sobre todo conquistar el palco del Real y los proscenios del teatro de la Zarzuela, espacios donde solían posarse cisnes muy blancos, incluso alguno negro. Un jueves, después del Consejo de Ministros, el telediario de la noche iba a dar la noticia y para ese minuto de gloria en que su nombre saltaría a las esferas celestes preparó una pequeña fiesta en casa. Su amigo Pedrusco Díez cocinó una inmensa tortilla de patatas y de ella dieron buena cuenta Javier Pradera, Andrés Pérez-Sierra y Alfredo Deaño. Llegado el momento, Jesús Aguirre arrastró el televisor desde detrás de la cómoda de barco hasta la embocadura de la biblioteca y con un pincho de tortilla en el aire oyó que el locutor proclamaba su nombre. A continuación alguien puso un disco de cuarenta y cinco revoluciones de Las Madres del Cordero, en el que se canta el cuplé *Soy director general,* y enseguida comenzó a sonar el teléfono. El padre Sopeña, su antiguo jefe en Santo Tomás de la Universitaria, en esta época director de la Academia de Roma en San Pedro in Montorio, junto al templete de Bramante, le llamó para felicitarlo. Su jefe ahora sería Aguirre. También le dio la enhorabuena seca e irónica su madre. En la terraza Jesús Aguirre bailó y cantó un número de Celia Gámez, en *Yola,* que dice: «Un millón, sensación, da lo mismo de suspiros que de tiros, un millón es un millón». Y así hasta que al clarear el alba comenzaron a piar también los pájaros en la plaza de María Guerrero.

En medio de la pequeña orgía de aquella noche, Jesús Aguirre pronunció con mucha decisión estas palabras: «Voy a conquistar el poder», una frase que repitió tres veces mirando a las estrellas. Javier Pradera no pudo evitar la ironía. Le propuso instalar un trampolín en la terraza, no para arrojarse al vacío sino para impulsarse hacia la Moncloa o al palacio de la Zarzuela, y a cambio de esta idea le pidió bolígrafos, calendarios y gomas de borrar de su negociado como única contrapartida. A altas horas de la noche sonó de nuevo el teléfono. El teniente coronel Ángel Prats le preguntó: «¿Quieres o no quieres mi apellido?». Jesús contestó a su padre, muy alto y enorme: «Me llamo Aguirre y Ortiz de Zárate, con siete apellidos más, alaveses y bilbaínos, y a partir de hoy vas a oír hablar mucho de mí». No sería la primera vez que se iba a conquistar el poder desde una tortilla de patatas: también lo haría un grupo de amigos socialistas en Sevilla. Aguirre recordó que Churchill tenía sobre la mesa del despacho un pequeño cartel con esta consigna: «Acción ahora mismo».

Ese año de 1977 había comenzado con una manifestación por la amnistía en que al grito de «¡Viva Cristo Rey!» había sido baleado y muerto el estudiante Arturo Ruiz. Sucedió el 23 de enero y no más de veinticuatro horas después fueron asesinados en su despacho de la calle Atocha los abogados laboralistas. Los sicarios fascistas Cerrá, Lerdo de Tejada y García Juliá habían vaciado a mansalva el cargador de sus pistolas Super-Star largas de 9 mm sobre los allí reunidos y dejaron amontonados cinco cadáveres y cuatro heridos. Lola González se había librado de la muerte con un balazo en la cara puesto que se había desplomado un segundo antes bajo el montón de cadáveres. Aquella mujer extraordinaria estaba muy metida en el corazón de Jesús Aguirre desde los tiempos en que fue novia de Enrique Ruano. Tal vez por eso en el entierro de los abogados, que fue la puesta en escena en la calle del Partido Comunista, aparece Jesús Aguirre llorando entre la multitud en torno al palacio de Justicia. Después de este entierro, la legalización del Partido Comunista sólo era cuestión de poco tiempo y de muchas agallas, cosa que sucedió en Sábado Santo, antiguamente llamado de Gloria. A medianoche, en la hora en que se supone que Cristo saltó de la tumba del Gólgota como un tapón de champán para inaugurar una era de nuestra historia, comenzaron a flamear banderas rojas junto a la sede en la calle Virgen de los Peligros de Madrid, ante el pánico de los burgueses que salían del teatro Alcázar y del Reina Victoria.

El año de la ascensión de Jesús Aguirre a los palcos del Teatro Real, el país estaba envuelto en una violencia extrema. Algunos militares levantiscos zarandeaban públicamente al ministro de Defensa Gutiérrez Mellado y otros le negaban la mano al presidente Suárez durante una revista a la tropa. ETA asesinaba a un ciudadano cada tres días y los GRAPO redondeaban la cuenta. Ya sin peluca, Carrillo había entrado y salido de la cárcel; había aceptado la bandera española, y después de las elecciones de junio entraron en el palacio de las Cortes los rojos. En el salón de los pasos perdidos hacia la cafetería del Congreso se cruzaban Fraga con Dolores Ibárruri, Calvo Sotelo con Rafael Alberti, Ramón Tamames con Felipe González y todos pedían un café cortado con leche en taza mediana, único propósito en que entonces estaban de acuerdo.

Dolores Ibárruri, apenas aterrizada un jueves en Madrid, ese mes de mayo se presentó el domingo en Villa Valeria, en la colonia de Camorritos, en los altos del Guadarrama, al pie de Siete Picos, y un grupo de progres le hicimos una paella de pollo y conejo en la que intervine en el momento solemne de echar el arroz mientras ella, sentada en un sillón de mimbre descalabrado, cantaba un zorcico con voz muy modulada. En un paredón de la estación de Cercedilla estaba escrito con grandes letras rojas «¡Muera la Pasionaria!». Y junto a ese grito de muerte pasaban los primeros adolescentes de la nueva generación, que pronto olvidarían el pasado tenebroso de España, cargados con mochilas de colores para escalar las breñas más altas.

Antes de ser nombrado director general de Música, Jesús Aguirre hacía los agostos en Madrid, pero se tomaba unas vacaciones en julio, ese verano en casa de Matías Cortés y Mai, su mujer, en Marbella. Una tarde su amigo dio una copa y por allí, de forma esporádica, cayeron los duques de Arión acompañados por Cayetana de Alba. Aguirre lucía un pa-

reo, barba negra y gafas de espejo como de motoris-
ta. Le fueron presentados estos aristócratas y, después
de unas intelectualidades, monerías y los chismes mar-
belleros de rigor, al final, cuando se largaron los invitados y quedaron solos, Jesús dijo a Matías: «Esta
tal Cayetana me ha caído de la patada». Camino de
casa en su coche, la tal Cayetana dijo a su amiga la
duquesa de Arión: «A mí este hombre me ha parecido un fatuo, un impertinente». Matías Cortés no
podía imaginar en ese momento el sortilegio que
produciría poco después la barcarola de *Los cuentos
de Hoffmann.*

1978

Tomar el poder como quien baila un vals lento,
mientras la mano se eleva hacia la blancura
donde late el corazón

En los periódicos comenzó a aparecer la imagen de Jesús Aguirre sentado junto a la reina doña Sofía en el palco del Teatro Real. Su cargo de director general estaba hilado con sonatas, sinfonías, óperas y cantatas, todo eran violines o timbales en medio de pequeños odios, conspiraciones y zancadillas, ya que la música amansa a las fieras pero no a los propios músicos. Con un baile de corcheas, fusas y semifusas Jesús Aguirre desarrollaba su propia ambición, como un pentagrama, en recepciones, conciertos, cócteles y besamanos. En ese ambiente nadie como él sabía emitir una sonrisa encantadora acompañada de la frase exacta, inteligente unas veces, otras erudita, irónica o malvada, según le convenía, pero sabía detenerse antes de parecer impertinente si el que tenía enfrente, aunque lo considerara un idiota, podía servir a sus planes. Era muy agrio con los inferiores, trataba mal a los criados, y de pronto en cualquier restaurante decidía odiar a un señor desconocido sentado a otra mesa. No se sabe si ese carácter era el más indicado para tomar el poder como se había prometido a sí mismo ante un coro de amigos, todos con un gin tonic en la mano, pero en el último momento solucionaba la caída doblando gentilmente la bisagra. Aguirre solía cambiar mucho de ricos y si iba a una de sus piscinas a bañarse, después venía contando cómo eran las toallas.

Ahora merodeaba ya por los vericuetos más próximos a la monarquía musical. Le bastaba con una sola boutade volteriana para dejar admirados a todos los comensales si eran aristócratas poco leídos, y esa capacidad de encantador de serpientes le daba la sensación de que él mismo podía enroscarse por el tronco del árbol del Paraíso para morder la fruta prohibida. Todo era fácil, todo le parecía posible. Podía ser la princesa Irene de Grecia la Eva de turno. Jesús Aguirre intentó invadir ese jardín vedado. ¿Por qué no enamorar con un verso de Hölderlin a esta corza huidiza en el verde soto de palacio? Un día el monarca le dijo: «Jesús, por ahí, no. Pon tu fe en otra caza». Jesús contestó: «Majestad, la fe es la salvación, pero no un consuelo». La princesa Irene de Grecia pasó a ser una de las manzanas del Paraíso, que quedó intacta en el árbol de la ciencia del bien y del mal, y entonces Jesús Aguirre, que se movía a sus anchas por los salones de la aristocracia cañí, gracias a su amistad con la duquesa de Arión, se consoló jugando a seducir a la duquesa de Alba.

«Lo mío con Jesús —dijo un día Cayetana— fue un flechazo en toda regla. Yo, que presidía la Asociación de Amigos de la Ópera, fui a hablar con él al Ministerio de Cultura. Ya habíamos acabado, y él me dijo: "Espera un poco, que te quiere conocer el ministro". Yo creo que el ministro, que era Pío Cabanillas, no me quería conocer para nada, y que fue un truco de Jesús para alargar la conversación, así que nos quedamos charlando. Cuando estaba a punto de marcharme, Jesús me preguntó si me podía llamar. Le dije que sí. A los dos días fuimos a almorzar, y luego vino otra cita, y luego otra».

Sucedió en el teatro de la Zarzuela durante la representación de *Los cuentos de Hoffmann,* de Offenbach. Jesús Aguirre y la duquesa ocupaban el palco principal unidos sólo por el protocolo, pero cuando sonó la barcarola él la tomó de la mano, la miró a los ojos de forma sostenida, sin palabras, y la música de aquel vals lento hizo lo demás. A partir de ese momento se veían discretamente en Liria y en el castillo de Malpica de los duques de Arión, en tierras de Toledo. Él le hacía la escena del sofá en tresillos isabelinos, pero desde los ripios del Tenorio era capaz de elevarse a las alturas románticas inmarcesibles de John Keats: coloca tu mano sobre la blancura donde el corazón late. Una de aquellas tardes de otoño, después de una cita secreta en Malpica, de regreso a Madrid entre chopos de hojas amarillas, con las nubes color sangre sobre la sierra del Guadarrama al fondo y encendidos ya los collares de luz que rodean la gran ciudad, en el asiento trasero del Mercedes la duquesa se puso blanda, le cogió la mano, la depositó sobre el corazón, acercó los labios hasta el oído de Jesús y le susurró muy ardiente: «Jesús, liémonos». Y Jesús respondió: «No es suficiente, no me basta». Pronunció estas palabras con helada autoridad, como si diera una orden perentoria al compromiso del sacramento más allá del deseo de la carne.

Después de los encuentros amorosos en Malpica, viendo que las relaciones iban a un ritmo desbarrancado, la madre del duque de Arión, Hilda

Larios, le dijo a Cayetana: «Asegúrate bien, hija, asegúrate de que todo va a funcionar. Y cuando digo
todo, ya sabes a qué me refiero». Algunos vecinos de
la plaza de María Guerrero habían visto corretear a
Jesús Aguirre a través de las cuatro ventanas de su
piso de soltero persiguiendo a algún jovenzuelo, una
escena de caza casi pastoril, en la que tal vez se reci-
taba a Garcilaso. Las juergas griegas que se celebraban en aquel piso de soltero habían dado que hablar
entre sus antiguas feligresas, señoras de familias conocidas. De hecho, su casero José Luis Cifuentes
quería echarlo, sobre todo un día en que Jesús Aguirre cayó desmayado en la escalera y Georgina Satrústegui, por mediación de la cual había alquilado el
piso, tuvo que pedir ayuda a Mabel Pérez Serrano
para llevarlo a urgencias del hospital de La Paz. Después de esta caída Aguirre desapareció de Madrid,
dijo que no le llamara nadie, se fue a meditar a una
playa desierta y al cabo de unos meses regresó ya
totalmente desinhibido y dispuesto a vivir libremente. A Mabel Pérez Serrano le dijo: «He reflexionado,
he estado solo este tiempo y reconozco que tengo
una tendencia sexual distinta».

De momento la duquesa veía en él a un tipo
cortés, divertido, brillante, que sabía de todo, que
para cualquier pregunta tenía una respuesta erudita
o mordaz. Mientras Jesús Aguirre y la duquesa de
Alba se empataban y encarnaban sus sentimientos en
gabinetes secretos de algunos palacios y paseaban entre
álamos y riachuelos en cortijos, castillos y casas sola-
riegas de amigos que les preparaban y guarecían su
nido de amor, en España por un lado se estaba ela-

borando una constitución democrática en el Congreso y por otro se gestaba el huevo de la serpiente en las salas de banderas en medio de la violencia de un parto a contradiós. Por todas partes se oían voces de golpes de Estado. El presidente del Consejo de Estado, Oriol y Urquijo, y el teniente general Villaescusa habían sido secuestrados por los GRAPO, pero Jesús Aguirre juraba a sus amigos de la tertulia de Parsifal que los había visto comiendo paella en La Pérgola de la Cuesta de las Perdices, propiedad de Camorra. El bar Parsifal estaba en una esquina de Concha Espina y paseo de la Habana, frente al estadio Bernabéu. La tertulia de escritores e intelectuales amigos se reunía los sábados por la mañana y uno de aquellos días, de pronto, García Hortelano dijo: «Ya es la tercera vez que veo pasar a la duquesa de Alba por la acera. Se para y mira hacia acá como si estuviera espiando a alguien. El sábado pasado sucedió lo mismo. ¿Qué estará buscando por aquí dentro esa señora?». Jesús Aguirre no se dio por enterado. Mientras este amor clandestino discurría a la sombra de tapices gobelinos y óleos de próceres todavía para él desconocidos, fuera de ese nido de oro el terrorismo producía más de cien asesinados con bombas lapa, coches bomba, tiros en la nuca y en la calle todo eran gritos y pancartas por la amnistía.

Jesús Aguirre estaba en pleno proceso de secularización el mismo año en que el Vaticano también produjo la cosecha de dos papas muertos. Pablo VI había entregado su alma a Dios y la paloma se había posado sobre la cabeza del cardenal Luciani, quien bajo el nombre de Juan Pablo I tardó sólo un par de meses en volar también al cielo. Un día salió al balcón de la plaza de San Pedro, abrazado por la columnata de Bernini, y ante una multitud llena de fervor proclamó que Dios era una Madre, no un Padre, una afirmación que pese a ser muy cierta produjo una conmoción entre los cardenales de la curia romana. A renglón seguido el Papa pidió las cuentas de la empresa y comprobó que el banco del Vaticano invertía gran parte del dinero de las indulgencias en armas y condones. Estaba dispuesto a cortar por lo sano y a impedir este propósito fue ayudado mediante un té bien cargado. Viejos amigos de Jesús Aguirre desde los tiempos en que estudiaba brujerías en Múnich, los teólogos Hans Küng y Joseph Ratzinger ahora andaban tirándose silogismos a la cabeza en una gresca escolástica a cara de perro. A todo esto Vicente Aleixandre había ganado el Nobel de Literatura sin haberse levantado de la butaca durante treinta años en su casa de la calle Velintonia, que era la meca de los poetas venecianos, de la experiencia, viejos y novísimos. En los tresillos isabelinos del Congreso algunos diputados socialistas liaban canutos de marihuana mientras se hablaba de los pactos de la Moncloa y en el aeropuerto de Barajas pillaban a Carmen, la hija de Franco, sacando de contrabando las insignias y las medallas conmemorativas de oro que le habían regalado a su padre, gracias a que se había instalado por primera vez un detector de metales y ella lo ignoraba.

La noticia de que Jesús Aguirre y Cayetana de Alba se iban a casar circulaba por Madrid desde principios de 1978. Todo el mundo lo consideraba un disparate. Nadie se esperaba ese lance moderno de la corte de los milagros. ¿Dónde diablos estaba Valle-Inclán? ¿Por qué había muerto tan temprano si el gran esperpento del ruedo ibérico no había hecho más que empezar? «El cura Aguirre ¡duque de Alba! Ha sido lo mejor que nos ha pasado en la vida», exclamó José María Castellet. «Primera impresión, desconcierto. Primera reflexión, entusiasmo», fue el telegrama que le mandó Carlos Barral. «Vamos a convertir Liria en nuestro palacio de invierno», gritaron chocando las copas en alto los contertulios de Parsifal. Pero la duquesa no entendía por qué se escandalizaba la gente. Era viuda, se casaba con un hombre soltero del que estaba enamorada. No se explicaba dónde estaba el problema, teniendo en cuenta, además, que ella siempre se había puesto el mundo por montera y había hecho lo que le había dado la gana. Lo que se criticaba no era la boda, sino la persona del novio. Jesús Aguirre era un ex sacerdote que tenía fama de izquierdista liberal, con ocho años menos que la duquesa, al que algunos de la nobleza acusaron de ser un simple arribista, un cazadotes.

Si Jesús Aguirre era un cazadotes nadie dejaría de admirar sus facultades, puesto que la pieza abatida sólo con la lengua era de primera magnitud, Cayetana Fitz-James Stuart y Silva. He aquí la cola luminosa que dejaba atrás este astro en el firmamento. Su pasado ocupaba cuatrocientas cajas con cuatro mil legajos lacrados con sellos reales. La historia de la Casa de Alba podía mostrarse en un cuadro genealógico desplegable, de exactamente un metro de longitud en letra minúscula, donde aparecía la trayectoria de la familia a través de los siglos, con la anexión de las principales casas: Lerín, Monterrey, Olivares, Carpio, Berwick, Ayala, Gelves, Lemos, Andrade y Montijo. ¿Cuánto tiempo tardaría Jesús Aguirre en asimilar este baúl de los Alba, lleno de guerras, fidelidades, juramentos, victorias, conjuras y alianzas? «Todo eso se lo echa Jesús al coleto en un par de semanas. Está llamado por el destino a poner en orden esos legajos», dijo García Hortelano en Parsifal.

Jesús Aguirre debía empezar por remontarse al siglo XII, para encontrar a Illán Pérez de Toledo, famoso alcalde mayor de los mozárabes, el primer antepasado de los duques de Alba. Se dice que fue capaz de cortar con un solo golpe de espada siete cuellos de sarracenos. Era la época de Alfonso VI el Bravo, un rey mítico, pero fue Juan II de Castilla quien dio a don Gutierre, señor de Valdecornejo y arzobispo de Sevilla, el señorío de Alba de Tormes en recompensa a su fidelidad. El arzobispo pasó este honor a su sobrino Fernán Álvarez de Toledo, que a su vez prosiguió defendiendo a Juan II con tal frenesí que en 1439 el rey elevó este señorío de Alba a condado. A lo largo de cinco siglos vendrían las anexiones, la acumulación de títulos, la multiplicación de grandezas. La duquesa de Alba era dieciocho veces grande de España y poseía cuarenta y cuatro títulos nobiliarios. De encontrarse la reina de Inglaterra y la duquesa en un ascensor, sería aquélla la que tendría que ceder el paso. ¿Qué debería hacer Jesús Aguirre si se tropezaba en el lavabo del pub de Santa

Bárbara con Felipe de Edimburgo? Eran cosas que había que aprender si quería aprobar el examen de ingreso en la Casa de Alba, como tuvo que saber de memoria toda la historia sagrada para entrar en el seminario de Comillas y manejar el instrumental escolástico antes de ser aceptado en la facultad de Teología de Múnich.

Debía de ser una dura carga convivir con tan apretada colección de antepasados, por ejemplo con Fernando Álvarez de Toledo, tercer duque de Alba, que fue general máximo de los ejércitos imperiales de Carlos V, vencedor en la batalla de Mühlberg, castigo de hugonotes y gobernador general de Flandes, donde instituyó el Tribunal de la Sangre e hizo ejecutar, entre otros, a los condes de Egmont y de Horn. Eso se lo pasaba Aguirre por la cornisa de sus turbulentos genitales en una tarde. Pero la cosa comenzó a complicarse cuando siguió leyendo más legajos. Pese a su feroz fidelidad, Felipe II mandó a prisión a este duque durante cierto tiempo por haber casado a un hijo suyo en una boda que no complacía en palacio. ¿Se daría Jesús Aguirre por enterado? ¿Sacaría alguna consecuencia? Felipe II y la Casa de Alba debían de tener concepciones matrimoniales muy distintas, porque el quinto duque fue también encerrado a causa de otra boda que tampoco gustó al casamentero Felipe II. No todos los antepasados de la duquesa de Alba fueron tan severos. Jesús Aguirre estaba dispuesto a afrontar este nido de alacranes. Emparentada con la emperatriz Eugenia de Montijo —que fue cuñada de un Alba— y con los Estuardo, descendientes de Jacobo II rey de Inglaterra, está también la vital y divertida Cayetana de Silva y Álvarez de Toledo, la famosa duquesa de Goya.

El padre de Cayetana, a quien Jesús Aguirre llamaba suegro con gran desparpajo, fue dos veces ministro de Instrucción Pública y de Estado en el gobierno de Berenguer en los años treinta y tuvo por esto mismo un serio enfrentamiento con Franco. Durante la guerra, el duque prestó importantes servicios al Movimiento, y en el 39 fue nombrado embajador de España en Londres. Sin embargo, en junio del 43 firmó junto con varios procuradores una carta dirigida al Estado en la que se le exhortaba discretísima y cortésmente a regularizar su situación política fundamentando la Constitución «en el régimen secular que forjó la unidad de España y su grandeza histórica: la Monarquía». A raíz de aquello, los consejeros nacionales firmantes fueron cesados, el duque renunció a la embajada y le fue retirado el pasaporte, lo que le impidió ver a don Juan de Borbón, de cuyo consejo privado formaba parte. «Es la primera vez en quinientos años que un duque de Alba no puede responder a la llamada de su rey», declaró.

Puestos a hablar como los villanos, el braguetazo de Jesús Aguirre había alcanzado la altura del Himalaya. Cayetana es una de las cinco mujeres más ricas del mundo, dueña de cerca de veinticinco mil hectáreas de terreno en diversas fincas que se concentran sobre todo en Salamanca, Badajoz, Sevilla y Córdoba. Al año de estar casados, Jesús Aguirre se sabía el catastro mucho mejor que ella. Un día en que fueron invitados a una cacería a una finca de unos amigos iban los dos en un jeep atravesando una

sucesión de trochas, montes, valles y barrancas durante varios kilómetros entre encinas y jarales, venados y marranos, y de pronto a mitad de camino la
duquesa mandó detener el coche para contemplar
la belleza del paisaje. «¡Qué hermoso es todo esto! Jesús,
me gustaría comprar esta finca», exclamó. «Por Dios,
Cayetana, si esta finca es nuestra», contestó Aguirre.
Además del palacio de Liria y el de Dueñas, en Sevilla, le pertenecían los castillos de Castro, Monterrey,
Castro Caldelas, Andrade, Narahío, Moeche o el
famoso de Coca, que cedió al Estado hace pocos
años. Sólo por el coto de Baigorri, en Navarra, de dos
mil quinientas hectáreas, que acababa de vender a las
quinientas familias que lo trabajaban, había cobrado
107 millones de pesetas. Una vez le pregunté: «¿Da-
rás algún día una cacería de venados en cualquiera
de tus fincas?». Me contestó: «Querido, yo sólo daré
una cacería de abubillas». ¿Podría Jesús Aguirre llevar
a cuestas esta carga con sólo dos mil pesetas al mes
para tabaco?

Eran las doce y cuatro minutos del mediodía
del 16 de marzo de 1978. Envuelta en telas italianas,
rosadas y etéreas, unas gasas firmadas por el modis-
ta André Laug, y el pelo afro o a la escarola, Cayetana Fitz-James Stuart y Silva, duquesa de Alba, y un
antiguo clérigo volteriano de chaqué, corbata gris,
gafas ligeramente ahumadas y una sonrisa hasta la
tercera muela entraban en la capilla de Liria decora-
da con pinturas de Sert, bajo la luz cenital de la vi-
driera redonda del techo, a los sones de un órgano

electrónico que atacaba la marcha nupcial de Men-
delssohn, la misma con que se casa una cajera de
supermercado con un chapista de Móstoles en cualquier iglesia de barrio montada en un antiguo garaje.
En Liria había un centenar de invitados, algunos nobles
con cara de caballo, como debe ser, algunos amigos
intelectuales con un rictus de sueño y alcohol en
los ojos, algunos políticos de adorno. Hubo pocos
cuchicheos, ningún uniforme y ni una sola pamela,
pero dejó ofendidos a algunos familiares por no ser
invitados. Aguirre también se olvidó de Eugenio Calderón, su protector desde Sniace, un desaire que éste
no le perdonó. La madre del novio, Carmen Aguirre,
estaba ya casi ciega. «Hijo, ¿quién me va a recoger?»,
le preguntó antes de salir a palacio para la boda. «En
la puerta de Liria te estará esperando Huéscar», le
contestó su hijo. «¿Huéscar? ¿Huéscar no es un pueblo?» «No, no, Huéscar es el hijo mayor de la duquesa.» Carlos Martínez de Irujo, duque de Huéscar,
hijo mayor de la duquesa, fue el padrino y Carmen
Aguirre y Ortiz de Zárate, madre del novio, la madrina, nuevamente con el rímel corrido por las lágrimas, como en la ordenación sacerdotal de su hijo en
el Ludwigskirche en Múnich, como la primera misa
en la Universitaria. Por parte de la duquesa firmaron
como testigos, además de sus otros cuatro hijos,
doña María Victoria Marone de Álvarez de Toledo,
la duquesa de Santa Cruz y el conde de Teba. Por
parte de Jesús Aguirre lo hicieron Pío Cabanillas, el
duque de Arión, Sebastián Martín-Retortillo, la con-
desa de Carvajal, Javier Pradera y la señora de López
Aranguren, en representación de su marido, ausen-

te en Barcelona. Al juez Clemente Auger, uno de los fundadores de Justicia Democrática, veterano luchador antifranquista en la universidad y castizo contertulio del café Gijón, le había sido encomendado asistir al acto desde un lado del presbiterio como autoridad civil para dar parte en el registro. En la ceremonia estuvieron presentes, entre otros invitados, toda la Familia Real excepto los propios Reyes y los condes de Barcelona, que por protocolo no asisten a este tipo de actos. El duque de Alburquerque y el marqués de Mondéjar representaban a la Casa Real. Junto a los duques de Cádiz, los de Badajoz, la infanta Margarita y don Gonzalo de Borbón podía verse a los príncipes de Baviera y a la gran mayoría de la aristocracia española. Antes de entrar en la capilla había llegado la noticia de que había sido secuestrado Aldo Moro.

La ceremonia fue oficiada por el padre José María Martín Patino, provicario de la diócesis de Madrid, quien en su momento, a través del cardenal Tarancón, había movido los hilos del Vaticano para que este clérigo pudiera secularizarse sin demasiadas gabelas morales. No pronunció ninguna plática. Sonó Bach mientras se intercambiaron arras y promesas de amor en la salud y en la enfermedad y después de la bendición de turno los invitados ascendieron procesionalmente por una escalinata en cuya cúspide estaban los novios esperando a recibir las felicitaciones bajo la mirada de los próceres antepasados colgados en las paredes tapizadas con sedas de damasco. A cualquier ceremonia de este estilo en España siempre le falta un punto para ser viscontiana, pero en este caso había un aire de leyenda y de ficción inaprensible que doraba el ambiente. «Estoy dispuesto a todo, con tal de no aburrirme», expresó Jesús, que apenas llevaba media hora de duque de Alba consorte y ya departía como un antepasado grande de España con los invitados entre los tesoros de palacio, mármoles y tarimas, goyas, tizianos y vitrinas con insignes legajos históricos. «Lo que más envidio de este palacio de Liria es que tiene en el jardín un surtidor propio de gasolina gratis que le ha instalado Campsa —dijo García Hortelano—. Eso es mejor que tener un velázquez».

Y en medio de todo el boato, aquel cura que había dedicado sus sermones al estudiante Enrique Ruano, muerto al huir de la policía política de la dictadura, ahora sonreía del brazo de una novia, que la noche anterior a la boda había recibido un telegrama anónimo con el siguiente texto: «Te casas con Jesús, pero Jesús será siempre mío».

Los pactos de la Moncloa trataban de salvar la quebrantada economía española, los reaccionarios de la caverna conspiraban para derribar a Adolfo Suárez y sacar a Franco de la tumba, la inflación había perdido las bridas, pero Jesús Aguirre, el antiguo promotor del diálogo entre cristianos y marxistas, se había subido al árbol genealógico más frondoso de España y en principio estaba a salvo de los lobos.

Como siempre, el vino de Liria estaba ligeramente oxidado. Los canapés y limonadas eran de una extrema vulgaridad, como correspondía a la alta alcurnia de la casa. Jesús Aguirre, duque de Alba, organizaba el adiós con su sonrisa. «Mejor que el arcano de los momentos estelares llego al misterio de lo cotidiano, de lo que parece casi doméstico», había escrito en 1971. Ahora ya era doméstico y normal el firmamento de todas las estrellas para Jesús Aguirre. Los novios partieron de luna de miel a un castillo de Biarritz y los acompañó Pedrusco Díez, el amigo de Jesús desde los tiempos primeros de Taurus, al que no había renunciado. No se sabe si también fue con ellos el mastín blanco. Después de la ceremonia, Javier Pradera y Clemente Auger se encontraron con Felipe González en el restaurante El Chuletón. «Venimos de la boda de un ser permanente, tú eres provisional», comentaron y pocos años después Pradera añadió a esta lección de ontología: «Existen dos cosas que nunca pude imaginar, que el cura Aguirre se convertiría en duque de Alba y que Solana llegaría a ser jefe de la Nato». Pero el decimoctavo duque de Alba diría que lo que más le costó en el palacio de Liria había sido encontrar los interruptores. Unas veces decía esto y otras exclamaba como Santa Teresa: «Deshaciéndome estoy, hermanas, en esta operación de amor».

1982

En el zafiro muy oscuro del anillo del duque
se reflejaban las buganvillas del patio
de Las Dueñas, mientras España se debatía
entre una baza de copas y otra de espadas

«Al principio fue difícil —manifestó la duquesa—. Era una persona nueva que entraba en nuestra vida, pero con el tiempo se creó una armonía estupenda entre nosotros. De todos los hombres que han pasado por mi vida, Jesús es el que más lejos me ha llevado en los éxtasis». La duquesa hablaba de esta forma desinhibida para atajar algunas insinuaciones maliciosas; por su parte, el duque se puso macarra y aseguró que él y Cayetana follaban todos los días. Los amigos comenzaron a especular sobre qué clase de sortilegios realizaría este ser en la cama y dónde los habría aprendido. «En privado mi mujer es más apasionante, más sorprendente, mucho más peculiar que yo, por eso se casó conmigo.» ¿Qué diablos haría este hombre para mantenerla siempre en vilo y no desmerecer frente a la competencia de los toreros, gitanos, bailarines, actores famosos que habían atravesado su existencia? Le mandaba pequeños billetes galantes de una parte a otra de palacio cada día a horas inesperadas a través del mayordomo, la sorprendía con una llamada de teléfono desde la habitación de al lado para leerle un terceto de Dante, la asaltaba por un pasillo disfrazado de Pimpinela Escarlata con una máscara veneciana o entraba en su alcoba vestido de bombero. También le dedicaba versos de propia cosecha. «Deshojaré tus pétalos con tino, / ¡qué guirnalda tan fresca en mis muñecas!, / para que tu rocío vuelva a abrirlos / cuando el pulso enloquezca en mis sienes.» El libro de poemas *Secreto a voces* está dedicado a la duquesa y fue urdido por Aguirre en diversas residencias y palacios, en Venecia, Ibiza, Liria, Monterrey, Las Dueñas, París. «Tus pezones como granos de café...» En las cenas oficiales o reuniones de familias conocidas, donde por protocolo tenían que sentarse en mesas separadas, la duquesa no le perdía ojo, tal vez celosa al ver cómo triunfaba con su ingenio. Nunca dejaba de observarlo: «No sé por qué lo mira tanto. No se lo vamos a quitar», decían las amigas. Pese a las aguas de dulzura en que parecía navegar la pareja, no tardaron en surgir nuevos rumores malignos. Como de costumbre, no salió ningún desmentido de la Casa de Alba. Pero los chismes arreciaron. Entonces, por primera vez en su vida, Cayetana perdió los papeles e hizo unas declaraciones explosivas en las que aseguraba llevar con el duque una activísima vida íntima. «Tengo un genio endiablado. Y cuando me pisan, salto.» La cólera dio resultado y por un tiempo los dejaron en paz. «Nadie como yo la conoce cabreada, a veces la llamo Kommandantur», dijo el duque. Este enfado se debía a que corría la nueva maldad de que la duquesa había sorprendido a su galante marido con un joven jardinero de palacio. El jardinero fue sulfatado como el pulgón del rosal y a Jesús su señora lo mandó al exilio, un castigo que cumplió durante tres meses en el hotel Meliá de Princesa, situado frente a Liria, desde cuya ventana veía la pradera de

palacio, como en el suplicio de Tántalo, sin poder-
la alcanzar. Allí se bebió toda la melancolía hasta
ser perdonado.

La tertulia de Parsifal de los sábados por la
mañana se había trasladado a la pecera del restaurante José Luis y fueron Juan Benet, Javier Pradera
y Clemente Auger los primeros en percibir que el
deseo de tomar al asalto el palacio de Liria no había
sido más que un sueño vano. Aguirre ni siquiera se
ponía al teléfono cuando llamaban sus viejos amigos.
El propósito de convertir Liria en sala de conciertos
para cuartetos de cuerda y en un lugar privilegiado
de citas para intelectuales y artistas a la sombra de
un Tiziano quedó en nada. En palacio sólo tenía
entrada franca García Hortelano, al cual el duque le
permitía que se fumara medio paquete de Ducados,
echado en un sofá, mientras se nutrían mutuamente de maldades, unas bajadas de los altos salones, otras
subidas desde el asfalto más bajo.

Fuera de palacio la noche de Madrid, al ini-
ciarse los años ochenta, se había convertido en la
estampida de un búfalo ciego. El tiempo comenzó
a trepidar bajo las pezuñas de plata de aquel animal
que venía huido del fondo de la posguerra y corría
hacia el final de la historia. Empezaba la modernidad. En la trasera del café Gijón, sobre la boca de las
alcantarillas, había seres anfibios plantados con zapatos de charol, bata de satén, una raja a lo largo del
muslo que dejaba ver las medias rojas hasta el ligue-
ro, con una gardenia en la sien y los senos de para-
fina palpitando en las tinieblas. Para llegar hasta estas

flores nocturnas había que aplastar un sembrado de jeringuillas.

Sucedió en un barrio maldito. El diario *El País* me había encargado una crónica urbana de los nuevos seres que habían brotado en el asfalto en la noche de Madrid. Yo entonces trataba de ser un escritor comprometido con todas las catástrofes de la psicología humana. Peleaba contra mí mismo por no sorprenderme de nada y como un buscador del cofre del pirata iba en compañía de un fotógrafo por la ruta de sucios garitos, bares de ambiente, cuartos oscuros y trastiendas podridas levantando acta. Una de aquellas noches, apoyado en la pared de un callejón, un travesti agitó el bolso como un lazo de vaquero para llamar mi atención. A simple vista, a través de los diversos estratos de cremas que llevaba en el rostro, parecía muy pasado de edad, frente a los jóvenes donatellos semidesnudos que había a su alrededor en cada esquina. Me acerqué discretamente y me enfrenté a su mirada ambigua. Aun en la oscuridad de la noche traté de reconocer aquellos ojos pintados con una plasta de rímel bajo las pestañas postizas. Llevaba alas de mariposa y algunas sedas llenas de vidrios. Vendía un amor fugaz en un portal por dos mil pesetas. En ese instante tuve aún el valor de preguntarle quién era, pese a que ya sin ninguna duda él me había reconocido por la televisión y había pronunciado mi nombre. Tardé un solo minuto en darme cuenta de que el rictus de su sonrisa me llevaba a un tiempo pasado. Era un compañero de colegio, aquel condiscípulo tan listo que nunca quería acompañarnos a los guateques con las chicas del Loreto en Valencia, el que tenía siempre las réplicas más divertidas, el más imaginativo en la primera rebeldía estudiantil, el más guapo de la pandilla, al que las niñas adoraban inútilmente. Lo había perdido de vista en segundo de Derecho. Después de darme un abrazo, me dejó toda la camisa impregnada de un perfume gordo que me recordó al pachulí con que fumigaban con un aspersor los cines de barrio. Le pregunté qué tal le iban las cosas. Me dijo que tenía clientes fijos, camioneros y aristócratas, políticos y jueces, de todo. No se podía quejar. Los sábados trabajaba en un cabaré de la calle Atocha. Sacó una tarjeta de su bolso de nácar. Comprobé que se hacía llamar Arthur, pero, me dijo: «Para ti seré siempre aquel Luis del colegio de curas, ¿de acuerdo?». Un día supe por el cerillero del Gijón que Luis había venido a verme al café cuando ya estaba en las últimas. Fue de los primeros en morir de sida.

La tarde del 23 de febrero de 1981, una banda borracha de guardias civiles, al mando de un teniente coronel con bigotón de zarzuela, asaltó el Congreso de los Diputados y en aquella zarabanda patriótica, lejos de tirarse al suelo, Suárez saltó de su escaño y se jugó la vida para salvar de las metralletas a su amigo, el teniente general Gutiérrez Mellado, un gesto muy ibérico por el que será siempre recordado.

Ningún gesto de gallardía podrá compararse al que este político ofreció a la historia al enfrentarse al golpista Tejero, y a su vez ningún militar, como Gutiérrez Mellado, ha tenido la suerte de poder demostrar su heroísmo en un cuerpo a cuerpo frente al cuatrero con imágenes transmitidas en vivo y en directo a todo el mundo. El asalto del Congreso fue el último capítulo de una pugna de la España negra por doblarle el codo a la democracia. Por fortuna, la historia se puso de parte de la libertad. Al general Gutiérrez Mellado le pregunté qué era lo que más le había molestado del golpe de Estado. Contestó: «Ver a unos oficiales con la guerrera desabrochada». El honor militar lo salvó este caballero.

El intento de golpe de Estado de Tejero purgó todos los fantasmas que la Transición llevaba en el vientre bajo diversas formas de reptil. En realidad, Juan Carlos se proclamó a sí mismo rey de los españoles a la una de la madrugada del 24 de febrero de 1981 en el famoso mensaje por televisión. Corrían muchas anécdotas, ciertas o falsas, en aquellas horas de hierro. A las ocho de la tarde, mientras Tejero y sus secuaces tenían encañonados a los diputados en la Carrera de San Jerónimo, un equipo de Televisión Española, sorteando toda clase de controles militares, logró llegar al palacio de la Zarzuela para grabar el mensaje real. Juan Carlos se vistió con el uniforme de capitán general y quiso tener cerca a su hijo Felipe, que entonces no era más que un niño. Los técnicos de televisión preparaban muy nerviosos aquella operación pilotada por el jefe de los servicios informativos, Jesús Picatoste, y en medio del salón lleno de cables el Rey lo presentó a su hijo. «Felipe, a ver si adivinas cómo se llama este señor.» «No sé», contestó el futuro Príncipe de Asturias. «Vamos a ver. ¿Con qué te gusta mojar el chocolate en el desayuno?», preguntó el monarca. «No sé.» «Piensa, piensa un poco.» «No sé.» «¡Con un picatoste, con un picatoste! Así se llama este señor tan importante.»

Al parecer, la devoción por el chocolate es una característica de los Borbones, porque esa madrugada aciaga del golpe de Tejero, después de una noche de zozobra, cuando a la salida del sol nadie sabía todavía si los carros de combate de la Acorazada enfilarían el camino de la Zarzuela, la hermana del Rey, la infanta doña Margarita, dijo a toda la familia allí reunida con gran desparpajo: «Puede que nos tengamos que ir otra vez al exilio, pero yo no me voy de España sin tomarme antes un chocolate con churros».

Un año después del golpe me contaba Juana Mordó en su despacho: «El 23 de febrero de 1981, a las seis de la tarde, tuve un infarto. Algunos creyeron que se debía al susto de Tejero; pero fue el resultado de una amarga aventura, cuando Jacqueline Picasso, que se había pasado la vida diciéndome "Juana je t'aime, Juana je t'aime", porque había educado en mi galería a su hija Catherine, después de estar todo apalabrado, el seguro pagado y el catálogo hecho, en el último momento, por un simple ataque de histeria, se negó a entregarme los cuadros de Picasso para una exposición que ya estaba en marcha».

La pregunta que en ese tiempo se formulaba la gente en televisión, en los bares, en las fiestas, en la radio y en cualquier parte y por cualquier motivo era ¿dónde te pilló el 23-F? Todos lo recordaban. Unos estaban enterrando a un muerto, otros se habían encerrado con su amante a cometer adulterio en un motel, otros se hallaban en el hospital recién operados, otros recogiendo a los niños del colegio o fabricando una mesa, haciendo pan, esperando el autobús para volver a casa. La brutal astracanada de Tejero seguido por una banda borracha rompió la vida cotidiana, anónima, feliz o desgraciada de la gente. El duque de Alba dijo que esa tarde, al enterarse del asalto al Congreso, se puso el mono de proletario que heredó de su suegro y se paseó por los salones de palacio leyendo en latín las *Metamorfosis* de Ovidio.

La tarde en que Juana me contó su infarto, al salir de su despacho había en la sala un barbudo alucinado bajo los focos mirando cuadros en medio de ese silencio sospechoso que exhalaba la crisis. Le acompañaba una chica, que en el primer momento estaba de espaldas. Hacía tiempo que los coleccionistas habían dejado la pintura en las paredes de las galerías a merced sólo de estetas pobres, barbudos puros e intelectuales con morral y bufanda. Cuando se dio la vuelta descubrí que aquella chica era Vicki Lobo, la arqueóloga. Después de diez años su cuerpo había madurado y por la forma de sonreír supe que su alma también había perdido aquella fiereza tan espontánea, pero seguía igual de atractiva. Me presentó a su pareja, un intelectual que empezaba a estar de moda en la radio. Ella había dejado la arqueología. Tenía un cargo, era concejala socialista o algo parecido en una ciudad del extrarradio de Madrid. Bromeé diciendo si estaba dispuesta a desenterrar muchas momias. Me contestó que un día había intentado desenterrarme a mí y que no lo había conseguido. Sabía que no había escrito el libro de Azaña, pero me veía bien y leía mis artículos. «¿Dónde has pillado a este novio?», le pregunté. «Una mañana al despertar me lo encontré en mi cama. Es estupendo, divertido, un poco loco, eso sí.» Su pareja se echó a reír. «¿Y adónde han ido a parar Mao, Trotsky y toda aquella gente?» «Vete a saber. Ahora estoy consagrada a San Felipe González», contestó la chica con el mismo fervor de neófita.

A su compañero lo tenían cercado los hermosos caníbales de la radio y este intelectual se cocía a fuego lento. Por las mañanas se desayunaba con un bocadillo de optalidones para estar a la altura de sí mismo y hacía esfuerzos desmesurados por aplacar a esos cazadores de cabezas que querían saber su opinión sobre la empanada de lamprea, el desembarco en las Malvinas, las elecciones generales, la receta de jabalí con vino de Burdeos, la estocada fallida con que homenajearon al Papa en Portugal. A su lado, en la mesa redonda del locutorio, a veces se encontraba con Aranguren enchufado a unos cables por las orejas, por la nariz, por la boca para extraerle cada opinión del fondo de las entrañas.

La pareja de Vicki Lobo pertenecía a la escuela clásica. Era un borracho escueto, con tres porros de marihuana al día, al que se le veía salir del supermercado de la esquina abrazado a una bolsa de botellas dando la imagen moderna de alcohólico neoyorquino. A los cuarenta y tres años estaba en plena gloria, había sido bendecido por Aranguren como la revelación de la temporada, a medias con Agustín García Calvo, que predicaba la buena nueva de la modernidad en un café cantante de la plaza del Dos de Mayo. Por ejemplo, aquella mañana lo habían llamado de la Cadena Ser para hablar de su ensayo sobre Walter Benjamin, en medio de un concierto de baterías de cocina, pisos en Leganés y jabones de tocador, y el intelectual de moda, convertido en otra cacerola más para amas de casa por la voz torrencial del locutor, tuvo que soltar algunas bobadas. «Dinos algo sobre el Papa.» El intelectual respondió: «Me gusta. Sobre todo cuando besa aeropuertos. Da muy bien arrodillado sobre una charca de queroseno. Es como si esnifara una raya de farlopa». Otra pregunta: «¿Qué pescado prefieres?». «El torpedo bajo la línea de flotación.» «Y qué pájaro.» «Cualquiera del Gobierno.» ¡Guauuu! Dubidú, dubidú. Marcha, mucha marcha. Estamos en el aire.

Hacía un par de años que la mujer se había largado con otro y, después de vivir a solas con una perra cocker, ahora su territorio estaba invadido por una arqueóloga llamada Vicki Lobo, que se proponía desenterrarlo. En las noches de insomnio se había hecho un diseño de sí mismo. Había que hacerse experto en vinos y practicar la nueva cocina para poder colocar en medio de una conversación de neomarxismo la receta del besugo con habas o aludir a la cosecha del 72. Se había acabado eso de ligar, ligar, ligar con esas chicas que se le restregaban al salir de la conferencia. Había que ser duro y tener pegada. Odiaba a los intelectuales de culo gordo, que olían a cerrado. Sócrates enseñaba filosofía bajo la higuera, pero ahora estaban los chicos de la prensa, los cazadores de cabezas en la radio, los bares de Malasaña por la tarde, los abrevaderos nocturnos de Oliver y Boccaccio, el pub de Santa Bárbara, y Carrusel, en cuya puerta de madrugada las chicas se pintaban los labios reflejando su rostro en los tubos de escape de las motos Harley Davidson. La nueva filosofía se había posado sobre el capó de los coches y él tenía que percutir todos los días desde los medios de comunicación para abrirse paso entre aquella pandilla de borrachos que se disputaban la gloria al amanecer.

El novio de Vicki me dijo: «Sé que conoces a Jesús Aguirre. ¿Podrías presentármelo? Necesito hablar con él para cuadrar mi ensayo». Le contesté que el palacio de Liria tenía más murallas que Jericó. El duque era inaccesible. «Entonces le pediré ayuda a Aranguren para que detenga el sol en plena batalla. Estoy escribiendo sobre la Escuela de Fráncfort. Walter Benjamin había pasado algunas temporadas en Ibiza en los años veinte y el duque tiene allí una residencia. Tal vez durante unas vacaciones de verano podría hacerle una entrevista a la sombra de una higuera y recorrer juntos el paisaje y la casa de San Antonio donde habitó.»

Las chicas de los años ochenta se iban a comprar tabaco y ya no volvían a casa. Eran sanas y eficientes, cogían los bártulos y dejaban al marido sentado en el sofá y le llamaban desde el aeropuerto para decirle que en el frigorífico encontraría unos huevos con bechamel, que se los tomara a su salud porque ella se había enamorado de un italiano y estaba en la sala de embarque de Barajas con un pasaje para Florencia. Aún quedaban machistas clásicos que creían que las mujeres eran máquinas lloronas y encremadas, con dos biberones colgados de las costillas delanteras, obligadas a hacer canelones para los niños y ponerse monas en la peluquería para la noche del sábado. Eso se había acabado. Los cuarentones neuróticos ahora tenían compañeras progres interiormente rebeladas que hacían el supremo esfuerzo de ponerse el delantal en la cocina. Ellos acariciaban en secreto la idea de divorciarse y no hacían sino darle vueltas a esta neurosis años y años; en cambio, ellas una tarde metían el cepillo de dientes en el bolso y se esfumaban sin gritos ni traumas. Después venían unos meses en que el intelectual se despertaba cada mañana con una chica distinta cuyo nombre ignoraba. La había pescado de madrugada en cualquier garito que tampoco recordaba o tal vez en una gasolinera.

El intelectual de moda llevó a Vicki Lobo al café cantante de Malasaña donde a media tarde, antes de que llegaran los clientes apaches de la noche, predicaba Agustín García Calvo. Antes de que abriera el local había jóvenes barbudos apoyados en las fachadas con un libro bajo el brazo esperando, y llegaban más adictos que se sentaban en el capó de los coches, se saludaban entre ellos con sus nombres y esperaban con pasividad de neófito a que algún sacristán descorriera la cerradura del santuario de la lógica.

A la hora convenida se abrieron las puertas del café y los discípulos pasaron a ocupar sillas y divanes con la cadencia y el silencio con que se llena un aula. Era un público joven, dominado por la barba y las lañas contraculturales. Había de todo. Desde una chica con el pelo teñido de rojo como una borla de cardenal o la pasota con sombrero de mormona y flecos de reina comanche, hasta el señor suizo con pinta de fabricante de manteca o el muchacho lavado que lleva en la cara una dulzura de alumno predilecto. Era una parroquia desigual de discípulos de la universidad, gente nueva, oyentes curiosos, clientes turísticos, unificados por dentro con la devoción al maestro de la contracultura. Una música de organillo comenzó a sonar sobre el cenáculo para amenizar la espera.

Y de pronto se presentó Agustín García Calvo con las vestiduras de la revelación, con su bigotazo de herradura y la melena flamígera. Venía con gorra de cosaco y camisola abombada de violinista zíngaro, polainas de caballista y un cíngulo dorado en el lumbar. El héroe iba a hablar del lenguaje como creación de la realidad, del quantum y el tiempo, de lo continuo y discontinuo. Se produjo un aplauso cerrado antes de que abriera el pico. A continuación comenzó a emitir conceptos intrincados sin aliviarse con alguna concesión a la galería. El intelectual de moda y Vicki Lobo escuchaban muy atentos con el entrecejo cruzado. La filosofía puede apuntillar a una oveja merina, pero García Calvo tenía la magia de un Anaximandro soltando un discurso bajo una parra, de un Sócrates recostado en una escalinata del ágora, de un Diógenes dentro del bidón.

Por fin el éxito había llegado. García Calvo había adoptado a este intelectual y a su novia como discípulos. Aquella noche, después de la charla presocrática en el café cantante de Malasaña, el joven intelectual y Vicki cenaron en un restaurante del Madrid viejo con unos del cine que querían hablar de un guión. Luego cumplieron el rito como otras veces. A la hora en punto entraron en Boccaccio y se sentaron en el sarcófago de terciopelo. Vicki Lobo levantó la mano al camarero y comenzaron a beber hasta que, llegado el momento, al joven intelectual se le hizo la oscuridad en el cerebro.

Era otoño y los socialistas habían llegado al gobierno con mayoría absoluta. En los peluches de Boccaccio se hablaba de que en la fiesta del hotel Palace, Paco Fernández Ordóñez se hallaba en la cola para entrar y los del servicio de orden se negaban a dejarlo pasar porque lo consideraban un sospechoso arribista. Fernández Ordóñez había hecho con UCD la reforma fiscal y después impulsaría la ley del divorcio, pero en ese momento tuvo que acudir a los buenos oficios de Vicki Lobo para que un idiota le franqueara el cordón sanitario hacia el interior del Palace, donde Felipe González y Alfonso Guerra estaban a punto de salir a la ventana con el puño en alto para proclamar la victoria. Luego, en el gobierno socialista, Fernández Ordóñez sería el más coherente socialdemócrata, el único que no había cambiado de chaqueta. Suárez había dejado de ser falangista; González había abjurado del marxismo; Carrillo y Pasionaria habían dejado el estalinismo; Fraga trataba de hacerse olvidar el fascismo; Ramón Tamames, en vista del fracaso del comunismo, había comenzado la carrera loca hacia la derecha dejando atrás las verduras de la ecología. Por ironías del destino, al estalinista Jorge Semprún, que en 1956 se jugaba el pellejo en cada viaje clandestino a España desde París para organizar la huelga general que iba a abrir las puertas de la libertad según los sueños de estos jóvenes, la huelga general del 14-D de 1988 le pilló por la espalda siendo ministro socialista de Cultura. Jesús Aguirre había dejado de ser cura y se había convertido en duque de Alba. Sólo Ordóñez sabía por dónde iba a pasar la carretera de la democracia y puso su tenderete al borde de la cuneta y ya no se movió desde que dimitió del INI al día siguiente de que el régimen ajusticiara a garrote al joven anarquista Puig Antich.

Después llegaría la expropiación de Rumasa y la fuga de Ruiz Mateos, el secuestro de Segundo Marey por parte del GAL, el aceite de colza, la desaparición del Nani, más asesinatos de ETA, Alaska y los Pegamoides, los primeros ordenadores, los bandos arcaizantes de Tierno Galván, las noches de Rock-Ola, de la discoteca El Sol, de Tip y Coll en Picadilly. E incluso la muerte del propio Tierno Galván y su entierro espectacular, para el cual se alquiló la carroza que Drácula sacaba los domingos. Un millón de madrileños le hicieron pasillo en su camino hacia el cementerio de La Almudena, y en los bordillos de las aceras lloraban los travestis con el rímel corrido.

A Jesús Aguirre habían comenzado a caerle academias encima de la chepa. Ingresó en la de Bellas Artes en 1984 y el discurso no versó sobre la raza del perro del cuadro de Goya que aparece a los pies de la primera Cayetana con un lacito rojo en la pata, sino acerca del descubrimiento que realizaron a medias él y su mujer de un paisaje de Ribera, un cuadro en apariencia anónimo lleno de polvo colgado en un pasillo de su palacio de Monterrey. La elocución de Aguirre fue un encendido elogio del fino olfato de la duquesa para levantar esta clase de piezas de la propia pinacoteca. En la Real Academia de la Lengua ingresó en diciembre de 1985. El discurso versó sobre el afrancesado conde de Aranda, título que ostentaba ahora el propio Aguirre. Después del acto el duque invitó a una cena en Liria a todos los académicos. Desde una pizzería algunos amigos le llamamos a palacio haciéndonos pasar por Camilo José Cela. Nadie contestó al teléfono. Cela había dicho: «Que disfrute de su sillón este escritor de prólogos».

1986

*El intelectual de la Escuela de Fráncfort se niega
a ponerse zahones monteros y botas de ancas
de potro. Por este motivo partió hacia la locura*

Ir a la Feria de Sevilla con una gastritis de primavera y tener que pedir un vaso de leche en la caseta mientras a mi alrededor andaban todos borrachos de manzanilla y verme obligado a bailar sevillanas brazos arriba como el que recoge peras de un manzano fue para mí una experiencia más dura que ir de corresponsal a una guerra. En plena Feria de Abril, Sevilla olía a zahones sudados y a elegante boñiga de jaca. Tenía que llamar al duque de Alba. El camarero me ofreció la ficha de teléfono. «¿Está el duque?» «Un momento. No se retire.» Mientras la llamada recorría los salones del palacio de Las Dueñas hasta llegar al nido de tapices donde sin duda estaría él, en aquel cafetín de la calle Sierpes me hice lustrar los zapatos, como un señorito, por un limpiabotas granadino, que no cesó de contarme fatigas: «Esto de la feria es como ir a la vendimia. O peor. Sólo de Granada hemos llegado doscientos limpiabotas a Sevilla. Además de mil personas que sólo vienen a pedir. Gente pobre, ¿sabe usted? Lo malo es la noche, cuando cae el frío y te quedas tieso. Yo duermo tapado con unos cartones de embalaje detrás de los carromatos de la feria, en la vaguada del ferrocarril. Tendría usted que verlo. Hay más de quinientos mendigos tirados en el suelo. A veces llega la policía y nos echa los caballos encima. Y si alguien abre el pico, se lo llevan por delante. El año pasado unos señoritos prendieron fuego a aquello y tuvimos que salir a toda leche». Tratando de hacer un poco de sociología, pregunté al limpiabotas: «¿Usted sabe quién es el duque de Alba?». Sin levantar el rostro del cepillo el hombre contestó: «Ése es un gitano señorito de verdad, de los de antes. Tiene mucho arte».

Desde el cielo artesonado del palacio de Las Dueñas volvió por el teléfono la voz del sirviente que gobernaba la centralita. «Oiga.» «Sí, dígame.» «El señor duque le invita encantado a tomar café a las cinco en punto de la tarde.» En Sevilla cada cosa estaba ese día en su sitio: el duque en el palacio, el toro en el chiquero, el matador en el vestíbulo del hotel Colón, el limpiabotas a los pies del señorito, el turista en el coche de caballos, la gente en el paro, el jamón en la barra, el puro en la boca, el clavel en el ojal, la gitana pidiendo limosna, el polvo en la feria.

A media mañana la calle Sierpes estaba bajo un sopor de churros y el ruido de las cucharillas de desayuno. Los turistas arrastraban los pies hinchados por allí entre gitanas con claveles, carteles taurinos, giraldas de plástico, sombreros de capataz, vendedores de lotería, retratos de la Macarena y banderillas con los colores de la bandera española. En el aire de Sevilla se oía un campanilleo de coches de caballos. Tuve que hacer tiempo hasta las cinco en punto de la tarde, la hora taurina y lorquiana en que me iba a recibir el duque de Alba en su palacio. Me entretuve contemplando el tejemaneje de unos trileros hasta que no pude resistir la tentación de entrar en el juego. Perdí con mucho gusto mil pesetas sólo por averiguar qué se sentía en carne propia al ser estafado. Había tres cáscaras de nuez. ¿En cuál de ellas escondía aquel tipo el garbanzo? Estaba y no estaba. Existía y no existía. Parecido al juego de los trileros era el misterio de la Santísima Trinidad y la vida trivalente de Jesús Aguirre.

En el real de la feria había una luz pastosa de resaca, las cubas regaban el albero y las furgonetas de reparto descargaban hectolitros de manzanilla para reponer el nivel de los abrevaderos agotados. A esta hora los verdaderos señores dormían la mona según la tradición, mientras la servidumbre barría el pastizal de la juerga anterior. En la Feria de Sevilla, si alguien estaba en pie a las once del día se podía decir que no era nadie, un turista rubio interpretando un callejero, un guardia de la circulación, un repartidor de ensaimadas, un empleado de la funeraria en acto de servicio, un borracho extraviado que no lograba dar con el hotel. Pero en 1986 la Feria de Sevilla ya había sido desacralizada y Alfonso Guerra decía que había que alquilar pollinos para que se pasearan los obreros por el real mezclados con las jacas de Osborne. Era el tiempo en que los socialistas se dividían en dos: los que llevaban un pañuelo con cuatro nudos en la cabeza y los que habían tomado al asalto la fascinación de los veranos en Marbella junto a Gunilla von Bismarck.
En la Feria de Sevilla también tenía caseta el Partido Comunista. A esa hora intempestiva de media mañana, mientras por el ferial se pasaba la escoba, en la caseta del Partido Comunista ya estaban

todas las mesas repletas de jornaleros sonrientes y recién lavados, alineados frente al fino San Patricio como en un bautizo. Unas criaturas bailaban sevillanas al ritmo de palmas, que batían unas madres muy ibéricas. Un responsable subió a la tarima y reclamó silencio por el micrófono para anunciar que a continuación un camarada poeta iba a recitar unos versos en honor de Dolores Ibárruri.

El palacio de Las Dueñas está situado en el casco antiguo de Sevilla. A las cinco en punto de la tarde un amable servidor me abrió la cancela. Entre setos, macizos de hortensias y madreselvas, por un camino dorado con albero, llegué al primer zaguán, cubierto de esteras, coronado con cornamentas y trofeos de caza, que daba entrada al patio mudéjar. El criado iba delante. Había un silencio de mirlos y fuentes que se derramaban en las tazas, una claridad matizada de fresa entre los arcos aljamiados. La amplia escalinata de madera y azulejos llevaba a la galería, amueblada con tresillos, mecedoras, mesas y jarrones del siglo XVIII. El criado señaló una butaca. «Espere aquí, por favor. El señor duque no tardará en salir.» Durante la espera me puse a imaginar la vida de este personaje como la encarnación humana de un río, pero no del río que va a dar a la mar que es el morir, según los versos aciagos de Jorge Manrique, sino del río de Heráclito, en el que uno no se baña dos veces y que en este caso ha desembocado en un palacio de Sevilla. Conducidas sus aguas claras, oscuras, turbias por la azarosa y turbulenta orografía de Jesús Aguirre, la inclusa de Madrid, los altos de Comillas en Cantabria, los lagos de Baviera, el laberinto de la teología atravesado con un aire mundano, los libros, los títulos, las fiestas de la cultura, los palcos del Teatro Real, la cacería de cisnes, una corriente de barro que conlleva pepitas de oro. No sabría explicar lo elegante que es este palacio adonde fue a desembocar este ser acuático.

El palacio tiene siete patios con palmeras, limoneros, cipreses, paredes con buganvillas y rosales rampantes hasta el tejado. Baste con decir que si el establo de las mulas y caballos, tal como está, sin tocar nada, lo convirtieran en un bar del barrio de Salamanca sería el bar inglés más elegante de Madrid. Cuando metí allí la nariz exhalaba un aroma de boñiga mezclado con perfume de Nina Ricci.

El duque de Alba estaba posando para un retrato de Enrique Segura, abajo, en un gran salón artesonado, a la luz tamizada de una cristalera que daba a un patio de limoneros. Eran las cinco y cuarto de la tarde, un día de Feria de Abril en Sevilla. ¿Podía haber algo más fino en cien kilómetros a la redonda que tomar café en el palacio de Las Dueñas con el decimoctavo duque de Alba? En esta reserva sagrada, guardada por dos lecheras de la policía en la puerta, había una solidez de siglos, sombreada por lienzos de Caravaggio. La brisa hacía hervir levemente las buganvillas. Los cipreses cuajados de gorgoritos cabeceaban entre columnas de mármol. «¡Qué lejos ha llegado mi amigo! —pensaba yo viendo aquello—. ¿Adónde habrán ido a parar Adorno, Walter Benjamin y Karl Rahner? ¿Se acordará todavía de Enrique Ruano?».

De pronto, apareció por el fondo de la galería. El duque de Alba llevaba un traje azul pálido, unos zapatos con mezcla de cuero y lonilla color hueso, venía con medio puro engarzado en sus dedos de ave y sonreía con una felicidad preternatural, propia de un paraíso que está escriturado, sellado y lacrado en el pergamino. Un camarero de chaquetilla blanca y cuello azul sirvió el café en tazas de La Cartuja sevillana. Mi visita era de cortesía, como la del aficionado al gótico que echa un vistazo a la catedral de Colonia, como la del taurino que rinde tributo a la plaza de la Maestranza. Había que hacerlo. Mientras trataba de rizar el dedo meñique al elevar la taza a los labios, Jesús Aguirre comenzó a hablarme de estirpes, árboles genealógicos, encuadernaciones, testamentarías decimonónicas, restauraciones de cuadros, de todo eso que comenta la gente noble, de todo menos de libros. «Todo este lujo, ¿cómo lo llevas, Jesús?», le pregunté. «Con naturalidad», me contestó. «Sabes que en este palacio nació Antonio Machado. Debió de ser en una de estas salas de la derecha. Su padre no era un servidor de la casa, como se ha dicho. Sencillamente, un antepasado de mi mujer, en el siglo XIX, dejó de habitar el palacio y alquiló todo este lado de caballerizas a gente particular. El padre de Antonio Machado fue uno de los inquilinos. Mi suegro mandó poner unos azulejos ahí en el corredor del patio. Fue el primer homenaje que se rindió a Machado después de la guerra. No me negarás que fue un valiente.» Jesús Aguirre consideraba que era un acto de heroísmo haber instalado en la pared de un espacio privado los versos de Machado: «Mi infancia son recuerdos de un patio de Sevilla / y un huerto claro donde madura el limonero». Ni siquiera se sorprendió de mi carcajada.

Los mirlos de la Casa de Alba cantaban en los limoneros de Antonio Machado. En mi lujuria soñaba con ver a Jesús Aguirre, duque de Alba, en plena Feria de Abril, vestido de corto, con zahones, botas de anca de potro y sombrero ligeramente ladeado sobre su frente de intelectual de la Escuela de Fráncfort. «No es posible. Nadie en el mundo me verá vestido así. En compensación te puedo enseñar el palacio», me dijo el duque. «Querido Jesús, te estoy viendo las suelas de los zapatos. ¿Cuántos años hace que no pisas la calle?», le pregunté al verlas tan pulidas. «Probablemente no piso la calle como vosotros desde el siglo XVIII», contestó.

Eran salones, lienzos del siglo XVII, jarrones, escaleras, artesonados, capillas, cuadras, vanos gráciles con un fondo de cipreses, limoneros, rosales, buganvillas, cuadros de Panini, criados que se ponían de pie con una reverencia sólida cuando pasaba el duque, óleos de Zuloaga, fotografías dedicadas por reyes, camas con baldaquín que un día recogieron el sueño de algunas princesas, más criados en cada punto estratégico, habitaciones acicaladas para los invitados que estaban a punto de llegar para la feria.

El duque quiso mostrarme la colección de carteles antiguos de toros, que cubrían las paredes del comedor de la servidumbre. La visita inesperada del duque, que nunca se rebajaba a entrar en cocinas, dejó pasmados a una docena de criados que estaban merendando alrededor de una mesa muy larga. Cuando apareció el duque por la puerta se pusieron en pie todos a la vez, con el mismo resorte automático con que reaccionan los soldados cuando entra por sorpresa el general en la compañía. «No se levanten, háganme ese favor», exclamó Aguirre. «¡Señor duque!», respondieron ellos a coro. «Sigan ustedes como estaban.» «¡Señor duque!» «Por Dios, no se muevan.» «¡Señor duque!» Un escalofrío había sacudido la espina dorsal de aquellos viejos criados y no había forma de que dejaran de exclamar «¡Señor duque!», a medida que el señor duque trataba de calmarlos. Dimos la vuelta a la mesa y el intelectual de la Escuela de Fráncfort me fue señalando carteles de toros de Pedro Romero, de Frascuelo, Espartero, Lagartijo, Manolete, mientras la servidumbre se había convertido en seres de piedra.

Luego siguieron más salones, cuadros de Bassano, cornucopias, muebles de palosanto, todo en perfecto estado de revista, con esa palpitación de algo vivo, con el plumero recién pasado. «Cayetana tiene todos los palacios a punto, las camas hechas, las toallas calientes y jaboneras en los cuartos de baño, los platos, las flores en la mesa, todo listo para el momento en que se nos ocurra habitarlos un fin de semana, de modo que si ahora mismo nos da por ir a Monterrey, encontraré agua fría en la nevera y el hielo para el whisky.» El duque me enseñaba Las Dueñas como si se tratara de su ajuar. Había puesto en orden cada legajo. Había ordenado los archivos. Se sabía cada detalle, cada fecha, cada pliegue de la memoria de la casa, algo que la misma duquesa ignoraba porque se había criado entre aquellos enseres como la prolongación de su vida sin darse cuenta, como algo natural, que le había regalado la historia. Había en los patios rumor de fuentes, vuelo blando de mirlos y una brisa perfumada que te acariciaba el lóbulo de la oreja. El duque me señaló un banco de azulejos. «Ahí se sentaba la emperatriz Eugenia de Montijo, nuestra pariente», me dijo. A continuación le pregunté por el nombre de un árbol inmenso que yo desconocía. Al comprobar que el duque tampoco lo sabía le dije: «Jesús, se ve que sabes mucho de blasones y campos de gules pero no tienes ni idea de agricultura». El duque me contestó: «Estás muy equivocado, querido, yo personalmente me ocupo de la exportación a Holanda de los espárragos que cultivamos en nuestra finca de Gelves».

En un saloncito con una luz tamizada en rosa a través de las buganvillas del patio había un pequeño tablado donde la duquesa Cayetana bailaba flamenco todos los días de doce a una. Había dos sillones con asiento de esparto. Uno era para Enrique el Cojo, un anciano bajito, gordo, con sonotone y cojo, como su propio nombre indica. Era maestro de flamenco. Según los entendidos, lo veías y parecía que te iba a vender una gamba, pero de pronto echaba a volar una paloma de cada mano y el duende te daba un pellizco en el corazón. La otra butaca era para el guitarrista que llamaban el Poeta. Allí se le daban clases todos los días a Cayetana. «¿La duquesa no monta en la feria?» El duque me contestó: «Hoy no. Tal vez mañana. Depende de cómo se levante. De pronto, a las doce decide que le apetece montar. Entonces vamos hasta allí en el tronco de mulas enjaezadas con los colores de la Casa de Alba, azul y amarillo. En la feria tiene los caballos a punto. Yo la sigo en el tronco por el real».

Jesús Aguirre me propuso que lo llamara a las once del día siguiente por si a la duquesa se le había antojado montar en el real de la feria. Desde un cafetín de la calle Sierpes volví a marcar el teléfono de palacio. La duquesa iba a montar. La salida de los duques de Alba hacia la feria estaba programada para una hora después. Era un rito precedido por carreras de criados ornamentados, de palafreneros mudos, con una gravedad humilde que dejaba ver cierto empaque. La duquesa Cayetana apareció vestida de sevillana con su niña Eugenia. En el patio había un equilibrio inestable debido al carácter de la duquesa que de pronto podía desembocar en una tempestad. La niña había desaparecido y la madre la reclamaba cada vez más nerviosa. Comprobé que Jesús Aguirre trataba de calmarla temiendo que yo presenciara la tormenta que lógicamente después contaría a los amigos. En ese momento se presentó en el patio la marquesa de Saltillo y Jesús Aguirre la recibió con una exacta inclinación de bisagra entre la elegancia y el desparpajo. Apareció la niña Eugenia y de repente escampó. El tiro de mulas de muchísima raza, lleno de cascabeles, arrancó desde el patio de palacio, y en la calle esperaba el vecindario, con un silencio religioso, para ver pasar la comitiva, como si se tratara de la Macarena. Hacia la una de la tarde el real de la feria había entrado en calor, en medio de un perfume de jaca. Los caballeros con zahones, el puro en la boca, el sombrero oscureciéndoles una oreja, el puño en la raíz del muslo, cabalgaban con una moza en la grupa que les punteaba con los pechos la espalda arqueada y se abrían paso a galopadas entre el primer gentío. Había en el aire un erotismo muy ganadero de refajo sudado. A esta hora en la feria pasaban tiros de mulas enjaezadas con borlas y escarapela de seda con los colores heráldicos de la familia. A mi alrededor la gente preguntaba: «¿Quién es ése?». «Un Terry.» «¿Y ése?» «Un Osborne.» «¿Y ése?» «Un Medinaceli.» «¿Y ése?» «Nadie.» De pronto alguien exclamó: «¡Ahí vienen los duques de Alba!». Cayetana pasó montada en un caballo blanco con su hija Eugenia a la grupa y detrás venía Jesús Aguirre acompañado de la marquesa de Saltillo en el tronco de mulas enjaezadas con la escarapela de los Alba. Llevaba un puro en la mano y con él me saludó al tiempo en que me hizo un gesto para que me acercara. Hizo detener a las mulas. «Dile a Pradera que esta tarde iré a los toros a la Maestranza y que estaré sentado en barrera al lado del capitán general Merry Gordon, entre un Domecq y un Murube.»

Hacía algún tiempo que lo había perdido de vista y sólo sabía de él por las revistas del corazón. Aquel día de la Feria de Abril en Sevilla tuve la sensación de que Jesús Aguirre había entrado en la primera fase de la locura, pero aún fue peor cuando le volví a encontrar seis o siete años más tarde. Al bajar del AVE en la estación de Santa Justa en Sevilla, coincidimos en el andén. Yo iba sin equipaje, puesto que debía volver a Madrid por la tarde después de una entrevista en Canal Sur. El duque se había apeado del vagón de club y llevaba una maleta en la mano. Le descubrí entre los pasajeros unos metros delante y comprobé que iba solo, sin guardaespaldas. Al verme, antes de preguntarme nada, a modo de saludo escueto, me dijo: «Querido, llévame la maleta». Ante su mandato imperativo reaccioné con un automatismo más rápido que el del perro de Pavlov. Cogí la maleta del duque sin interponer pensamiento alguno entre su orden y mi acción. Imaginé que tal vez en mi ADN había genes de siervos de la gleba de los que yo no era consciente ni responsable. Cargado con su equipaje, caminé unos veinte pasos a su lado. En este breve trayecto me dijo: «He convencido a mi mujer para que compre un palacio en Venecia y lo ponga a mi nombre». En ese momento reaccioné: «Oye, capullo, carga con tu maleta porque yo no soy tu esclavo, a menos que me des un puesto de secretario en ese jodido palacio». Dejé el bulto en el suelo. El duque bajó un poco los humos y se quejó diciendo que tenía lumbago. Lo encontré notablemente envejecido. «¿Cómo es ese palacio?», le pregunté con la maleta otra vez en mi mano. «Todavía no lo sé —respondió el duque—. He aprendido veneciano. Tengo allí muchos amigos eruditos y anticuarios. En Venecia he escrito poemas y he redactado artículos a mi secretario. En un establecimiento de comidas hay una pasta blanca, con salmón troceado, que se llama "a la duquesa de Alba". Siempre tenemos la misma mesa reservada. Una vez nos invitó la reina madre de la pérfida Albión a tomar té con ginebra en el *Britannia*. Quiero que el palacio dé al Gran Canal». Al duque lo esperaba un mecánico. La verdad es que la maleta no pesaba demasiado. El duque se metió en un cochazo y se perdió en el laberinto sevillano hasta el palacio de Las Dueñas.

1996

Hacia el fin de la historia con gomina en el pelo y un jabalí en el maletero. El milenio se lleva en su escatología al héroe a Hades, la región de los muertos

Caían a su alrededor las hojas amarillas de los árboles amigos. Carlos Barral había pasado a mejor gloria en diciembre de 1989. Un mes después la guadaña de la muerte había volcado otra ficha de dominó: en enero de 1990 Jaime Gil de Biedma había rendido las armas de Eros a Tánatos. El sótano negro por donde había pasado Jesús Aguirre en lejanos días de fiesta había quedado olvidado bajo el lavado de cara que Barcelona se dio con los juegos olímpicos. El AVE había llegado a Sevilla sobre los fastos de la Exposición Universal y Aguirre fue nombrado comisario de no se sabe qué, sólo para que pudiera darse aire con un abanico blanco o negro según un lenguaje del siglo XVIII en que se había instalado. Lo manejaba desafiante para aventar los rumores disolutos que corrían en torno a su figura. «En Sevilla hace mucho calor», decía como única excusa.

Y pese a todo Aznar ganó las elecciones en 1996 a la brava por unos miles de votos. Los socialistas dijeron que se trataba de ir a casa a ducharse y volver al gobierno. No fue así. El Partido Popular había salido de su postración a principios de los noventa y comenzó a cabalgar a sus anchas a caballo del milenio. Otros jóvenes constituyeron un nuevo paisaje urbano. Llegaron los pijos. Estos vástagos felices comenzaron a hacer rodar en el dedo los llavines de coches de gran cilindrada en la puerta de las discotecas y entre los alevines de la derecha se puso de moda matar marranos en la finca, hablar de Bolsa, dar pelotazos con los bonos basura y llevar el todoterreno a misa los sábados por la tarde. Se acabaron las barbas hirsutas y el desaliño profético. Se desintegró la movida y se instauró la ropa de marca. Los bares comenzaron a llenarse de jóvenes de pelo pegado con unos rizos lolailo-lailo en el pescuezo, la camisa abierta hasta el tercer botón, chaqueta de cachemira y vaqueros planchados, mocasines con borlitas y un par de másteres de cualquier universidad americana. En las fiestas todos acababan bailando *La Macarena*. A la hora del almuerzo bajaban de los despachos grupos de ejecutivos vestidos de negro Armani y se les veía cerrando negocios con el móvil en dirección al restaurante.

Aquel líder político, José María Aznar, por el que nadie habría apostado un duro si hubiera sido gallo, resultó ser un gallo de pelea con dos cuchillas de afeitar en los espolones. Había desarrollado sobremanera el gen del mando creando el terror entre sus propias huestes hasta trabar sólidamente al Partido Popular a su alrededor, y de esta forma lograría derribar con una agresividad política muy medida a Felipe González después de darle con un latiguillo una y otra vez en la ceja que traía partida por la corrupción, producto inexorable de tres mayorías absolutas.

La mayor parte de los españoles había nacido y crecido en democracia. Un millón y medio de nuevos votantes, esos jóvenes tatuados con mariposas, traspasada su carne con distintos imperdibles, rapados o con el pelo de cepillo mojado, se acercaron a las urnas por primera vez sin darse cuenta, tal vez, de que la libertad, ese oxígeno vital que respiraban, se les había regalado después de largos años de lucha. Pero por los sótanos de la juventud corría un viento de rebeldía que venía de lejos. La insumisión frente al servicio militar fue una de sus banderas y no cesó hasta conseguir su abolición. Javier Pradera tenía colgada en su despacho de *El País* una foto insólita. En ella se veía a Jesús Aguirre, duque de Alba, de pie muy firme montado en una tarima en medio de un descampado, y por delante desfilaba una compañía de la Legión con la cabra incluida que le presentaba armas.

¿Quiénes eran Dolores Ibárruri, Tierno Galván, Gutiérrez Mellado, Suárez o Tarradellas? Rostros y nombres de líderes, que un día llenaron las tribunas, carteles y páginas de periódicos durante la Transición, habían muerto o se los había tragado la historia. Los jóvenes ya no sabían nada de ellos. En las imágenes antiguas los políticos supervivientes de entonces que todavía estaban en activo aparecían todos sin tripa, unos con aire montaraz, la barba negra y la melena tapándoles las orejas, con la pana dura o la trenca con capucha, otros con caras de empollón, finos y encorbatados, recién salidos de las oposiciones, pasados desde la burocracia a la política, de los despachos de abogados del Estado a los escaños del Congreso.

El duque de Alba había desaparecido de la vida pública. Una de sus características a lo largo de su

2

vida consistía en cambiar de amigos sin previo aviso. De pronto dejaba de llamar por teléfono después de hacerlo todos los días y tampoco contestaba a ninguna llamada de sus amigos más íntimos. Tenía un espacio reservado en el que nunca dejó entrar a nadie. También había dejado de asistir a los consejos del diario *El País,* donde al final acudía a remolque y se adornaba con un chal, en zapatillas, se ponía en las rodillas una manta que llevaba estampado el escudo de la Casa de Alba y permanecía callado, ajeno a cualquier problema editorial, y así hasta que, después de varios requerimientos en que ni siquiera atendía al teléfono, Polanco le dio de baja. Pese a dar la sensación de que había conseguido todo lo que se había propuesto en este mundo, nunca parecía estar satisfecho. «Aguirre llevaba dentro otro ser extraño con el que nunca hizo las paces. Eso causaba en mí curiosidad y deseo de ayudarle», decía el cura Martín Patino.

Las nuevas camadas de la derecha fueron a votar a Aznar en un coche de renting, formadas por abuelos, padres e hijos, una tía monja y un bisabuelo en camilla con el gotero puesto. La hija acababa de llegar de una isla de la Polinesia donde había practicado submarinismo y el hijo becado en la Universidad de Arizona había venido de Estados Unidos sólo para meter una papeleta en la urna. Después la camada, todos guapos y felices, con las mangas del jersey anudadas en el pecho, tomaría el aperitivo en una terraza antes de almorzar en un famoso restaurante japonés y por la tarde el jefe de la familia se echaría la siesta y luego esperaría en su estudio el resultado de las elecciones mientras analizaba el proyecto de una nueva urbanización en la costa, de la que esperaba sacar una sustanciosa tajada que coronara definitivamente su espléndida madurez.

Aquella mañana de sábado, día de reflexión de las elecciones generales, tuve un encuentro inesperado que me devolvió gran parte de la memoria. Entré por casualidad en la librería Antonio Machado y allí, hojeando un libro en la mesa de novedades, estaba Vicki Lobo en compañía de un adolescente con cara de aburrido. La saludé con cierto rubor y durante unos segundos le analicé el fondo de la mirada, que es el lago donde se ahogan todos los sueños. Después de expresarnos la mutua sorpresa, decidimos tomar algo en el bar de la esquina. El antiguo pub de Santa Bárbara ya había desaparecido. La madera verde de su puerta estaba llena de telarañas. Pocos años después, aquel Boccaccio de nuestros primeros sueños de seducción progresista donde relampagueaba hasta la madrugada el ingenio de Benet, Hortelano, Savater, Juan Cueto, Ángel González, de tantos artistas, poetas, cineastas y escritores acabaría convertido en un prostíbulo. Habíamos envejecido cada uno a nuestra manera, eso era evidente, pero se veía que esta mujer ya no era aquella que apoyaba todas las causas perdidas sin dejar de cabalgar la noche más ácrata y roja para convertirse al final de su rebeldía innata en una concejala del PSOE. Bastaba con verla vestida de Valentino. Había dejado la política. Fue lo primero que me dijo. «¿Y tu galán, el héroe de las ondas?», le pregunté. «Un soplapollas, como sin duda pensarás, si lo ves en televisión. Espera que Aznar, si gana, le dé un cargo.» Aquel intelectual de moda, ácrata troskoerótico, ahora tenía la barba entrecana y el pelo teñido de negro azabache, las ojeras operadas y la papada también acuchillada, y de esta forma daba doctrina en tertulias de la televisión y de la radio donde liberaba toda la bilis negra contra Felipe González y los socialistas, como única obsesión.

Vicki había evolucionado. Eso era todo. Se había casado con un arquitecto que salió indemne en dos casos de corrupción de una promotora de Móstoles. «¿Y este niño tan guapo?» «Es mi hijo. Se llama Adán», me dijo. «Está bien. Veo que quieres empezar por el principio», le dije. Recordamos los viejos tiempos, aquella noche en el pub de Santa Bárbara cuando los guerrilleros de Cristo Rey rompieron el escaparate de la librería. «¿Sabías que aquel psiquiatra que quiso enseñarte a volar por los tejados de Madrid con un trip de laboratorios Sandoz, de máxima calidad, se ha hecho musulmán y ha creado una comunidad en el Albaicín de Granada?» Vicki me preguntó sobre aquel famoso proyecto del libro de Azaña. Le conté que le había hecho una entrevista a Aznar y en su biblioteca tenía los cuatro tomos de sus obras completas, de la editorial Oasis, que su mujer le había comprado en el Rastro de segunda mano. Ahora Aznar citaba mucho a Azaña, a Cernuda, a Altolaguirre, con un desparpajo inaudito. «No escribí la biografía de Azaña con Aguirre en Taurus, en cambio Aguirre quiere que sea su biógrafo y así se lo ha dicho al rey de España», dije. «No lo harás. No cometerás esa torpeza, ¿verdad?», contestó Vicki. De pronto, guardamos silencio, ya no teníamos nada que decirnos, los dos con una sonrisa congelada. No le quise preguntar a quién iba a votar al día siguiente. Me dijo que tenía que volver a casa para darle de comer al perro, un rottweiler. Madrid se había vuelto muy peligroso. «Hay bandas de atracadores por todas partes. El rottweiler es un perro muy cariñoso con los amos. Me adora.» Vivía en Aravaca, en una casa con piscina en forma de riñón y un Neptuno vomitando agua y dos mil metros de jardín y varios gnomos en el césped que segaba un jardinero boliviano. «Despídete de este señor, Adán. Este señor es escritor, ¿sabes?»

Comenzó a cundir el rumor de que Jesús Aguirre estaba enfermo o seriamente deprimido y entre los amigos se especulaba sobre qué clase de mal le había sobrevenido, pero un día todavía salió en televisión defendiendo muy engallado los derechos de unas tierras de la Casa de Alba que habían sido tomadas a la brava por los campesinos en un lugar de Extremadura. Las más de dos mil quinientas hectáreas de las dehesas Cabra Alta y Cabra Baja eran trabajadas por los agricultores de Zahínos y fueron expropiadas en 1990. Siguió un largo pleito. Al duque se le veía dispuesto como un latifundista tenaz a atajar aquel acto de rebeldía y a resistir cualquier presión de la justicia ante una chusma que había traspasado todos los límites, entendiendo como límites en este caso los lindes de su finca. «A la fuerza, nada», exclamó con el dedo amenazador. Su imagen fue asimilada a otros casos de expropiación forzosa junto a la figura del alcalde de Marinaleda, un resistente comunista frente a la vieja oligarquía agraria. Para el duque eran debates mucho más toscos que los distingos escolásticos entre jesuitas y dominicos, más alambicados que las sutilezas teológicas de Karl Rahner, más profundos históricamente que el neomarxismo crítico de Walter Benjamin y sobre todo más agrios y con olor a ajo, pero ahí estaba ahora Jesús Aguirre entero en el papel de oligarca olivarero. Esos pecados no podía perdonarlos. Pese a ese rasgo de carácter, los rumores de su enfermedad persistieron.

Una de las últimas apariciones públicas de Jesús Aguirre en plan flamante, aunque ya un poco tocado, se produjo en una mañana de marzo de 1995, desde el hotel Alfonso XIII hasta la catedral de Sevilla, en donde entró por la puerta del Príncipe como invitado a la boda de la infanta Elena. Antiguamente, la estampa de la boda de una infanta ilustraba las páginas de *La Esfera* en una España de alpargata mísera, zaragatera y anarquista. El carruaje con la pareja de novios reales se abría paso en medio de un estofado de braceros y mayorales, mendigos y cesantes galdosianos, boteros pintados por Solana, toreros de naipe e intelectuales con caspa que bebían anís del Mono. En 1995 este personal había sido sustituido por financieros saltimbanquis, que cerraban los negocios sucios con el Motorola dentro del Mercedes para alimentar el cronicón de tribunales. Aquella mañana de primavera sevillana estos ejemplares desfilaron entre la curiosidad de un público que necesitaba con urgencia hartarse de confitura. Atravesando la inocente alegría de la gente llana pasaron grandes pavos con la cola abierta: unos debían la fama a su rostro; otros, a su apellido; algunos, al dinero; muchos, a un escándalo; varios, sólo a su chaqué o a su pamela. Había alguna oveja negra, y aunque en ese desfile previo se exhibieron varias rehalas de las mejores casas, muy pocos aristócratas se parecían a su caballo, como es de primera obligación. En este aspecto, los novios llevaban mucho adelantado. La infanta Elena había moldeado su rostro de aristas duras con un talante de picadero y, por su parte, Jaime de Marichalar tenía las facciones largas, de carácter equino, y esto era señal de mucha distinción. La infanta Elena se casaba con un segundón de provincias, con casona oscura en Soria, y una vez más, los obispos, una catedral, los tafetanes, los candelabros, Mozart, Händel y las mejores jacas jerezanas, la epístola de Pablo a los corintios, los grandes jeques de Arabia, el príncipe de Gales y otras estirpes europeas más o menos degeneradas, los fajines y las medallas habían venido a apuntalar el deterioro político de un país que ha perdido la fe en la moral del socialismo. En aquella boda se produjo un hecho singular. Cuando todos los invitados estaban ya sentados, las damas con pamelas llenas de frutas y verduras y los caballeros con el chaqué negro absoluto, se presentó el príncipe de Gales con el chaqué gris perla como correspondía a la etiqueta si la boda se celebra por la mañana como era éste el caso. Vi por televisión la cara de pasmo que puso Jesús Aguirre cuando descubrió que el heredero de la corona británica era el único que iba bien vestido según el protocolo. Le pregunté días después cómo no había lucido también él un chaqué gris como el príncipe de Gales. Aguirre, el magnífico, me contestó: «Ese señor ignora que en Sevilla se creó en el siglo XVII la escuela tenebrista y por eso se luce el chaqué negro».

Rotos ya todos los puentes con los amigos, se dice que iba de palacio en palacio, hacía escapadas nocturnas embozado como Marcel Proust o el barón de Charlus en busca del tiempo perdido, y algún gacetillero de baja ley había escrito que el duque de Alba había sido cazado en dos redadas. A veces se le veía en la revista *Hola* con una sonrisa forzada en bodas y funerales, la mirada cada vez más perdida. Traté de llamarle algunas veces por teléfono pero no había forma de localizarlo. Estaba en el Milanesado o en la Toscana o en Venecia, o en Monterrey de Salamanca o en Las Dueñas de Sevilla, en Arbaizenea de San Sebastián, o en Marbella o en S'Aufabeguera de Ibiza. Lo imaginaba sentado en la terraza del hotel veneciano Gritti o en el Danieli, como Thomas Mann, siguiendo con la mirada a algún joven camarero, contemplando los palacios que se reflejaban en el Gran Canal. No sabía si había conseguido el sueño de fotografiarse con un gato en brazos en uno de aquellos palacios, puesto a su nombre en escritura pública, antes de que se hundiera en el cieno amarillo limón de la laguna. Pensaría tal vez en la escena de la playa del Lido en *Muerte en Venecia,* con el adolescente Tadzio en la raya del agua elevando de espaldas el dedo índice, que era la señal con que se reconocían la sexualidad diferente Leonardo y Miguel Ángel. ¿Qué habría sido de aquel Enrique Ruano si no lo hubiera asesinado la policía de Franco? Sería hoy un famoso abogado, un empresario, de derechas o de izquierdas, o se habría perdido en el anonimato convertido en un viejo bronquítico con tripa. Sin duda, Jesús Aguirre recordaría sus cuitas con aquel joven dandi cuando era su confesor y aún hoy podría enumerar cada uno de sus pecados, los mismos pecados que había perdonado a toda una generación de progres bustelos, solanas, maravalles, en el confesonario de la iglesia de la Universitaria. También recordaría sus propias caídas. «De todos los pecados prefiero siempre los capitales, los mortales», había dicho. Su querida prima Mariluz, casada con un norteamericano, un tal Peter Besas, había muerto muy joven en Nueva York en 1962. No asistió a su primera misa. Le escribía cartas de amor a Cristo en las que vaciaba sus primeras dudas, sus primeros sueños. No siempre le fueron dulces los pecados precoces. Perdido en los salones de alguno de sus palacios, Jesús Aguirre también sería invadido por la memoria de su madre. Había pasado unos años recluida en una residencia de ancianos de la calle Cid, en Madrid. Nunca había ido a verla, ni siquiera cuando la operaron al quedarse casi ciega. Había muerto de cáncer en la clínica Ruber hacia la mitad de los años ochenta. Le llamaron del diario *El País* para poner una esquela, pero él se había negado. Quería que su muerte pasara inadvertida para la prensa. El médico Caba, que la había asistido en toda su enfermedad, le pasó una minuta de 110.000 pesetas. La mujer del médico, Anne-Marie, tuvo que ir a cobrarla directamente a Liria después de varios intentos inútiles. Ya con el sobre en la mano, fue despedida por la puerta de servicio.

En su memoria comenzaría a sonar aquella cascada de la Selva Negra con la pareja de corzos mirando cómo se bañaba con su amigo Hans. Las canciones tirolesas, el coro de las Valquirias, que acompañaban los estudios de Teología, la tesis sobre Occam que nunca terminó. La chica muerta en los baños romanos de Baden-Baden, las clases de Guardini y su libro *El Señor* y de Ratzinger en Múnich, la visita a Heidegger en Friburgo, del que se había vengado, cuando tomó conciencia, con un artículo en *El País* en el que le acusaba de colaborador de los nazis. «Ser uno mismo su futuro predecesor», le había aconsejado su maestro Söhngen. Pero pensaba, como Bernanos, que al final todo es gracia. La muerte. Tenía noticias de que su amigo el escritor Juan García Hortelano había desarrollado un cáncer de pulmón y que estaba sentenciado. A la sombra de tapices gobelinos donde se establecían escenas galantes le venían a la memoria sus amigos de Santander, sus primeros versos eróticos que escribió pensando en su querida prima o en aquel compañero del colegio Lasalle, y después la sensación de su nuez de adolescente que le bailaba en el alzacuello clerical. Pepe Hierro. Julio Maruri. Ricardo Gullón. El padre Federico Sopeña. Matías Cortés. Pío Cabanillas. Aranguren. Laín. Juana Mordó. Javier Pradera. La tenista Lilí Álvarez. Gil de Biedma. Carlos Barral. Juan Benet. Pancho Pérez. Pedrusco Díez. Jaime Fierro. Hortelano. Clemente Auger. La hermosa plática que pronunció en su primera misa en la Universitaria el pensador Francisco Pérez. Un desfile de vivos y muertos pasó por su imaginación aquella tarde aciaga en que esperaba en una salita privada de la clínica La Luz a que le dieran el resultado de una biopsia.

Una enfermera le hizo pasar al despacho del director del servicio de oncología. Se sentó frente a él en un sillón negro, alto, muy cómodo. Con un rigor en el rostro que no presagiaba nada bueno, mientras abría el sobre de la analítica el doctor trató de calmarlo de su ansiedad con palabras rituales, amables, sosegadas, pero eso no fue obstáculo para que con el mismo tono de voz le manifestara sin ninguna reserva aunque con palabras técnicas incomprensibles, neoplasia o algo así, el mal que tenía en la laringe. «¿Eso qué significa, doctor?», preguntó Aguirre con una angustia que ya no daba lugar a ironías. «Eso significa que has desarrollado un cáncer y que está en su fase más aguda. Pero eso no significa que te vayas a morir. Hoy la medicina está muy avanzada. Nos vamos a cruzar con ese demonio en unas sesiones de quimio y de radioterapia. Te pondrás bien. Ya verás», contestó el doctor. «¿Un cáncer a mí, decimoctavo duque de Alba, un cáncer a mí, Jesús Aguirre? ¿Un cáncer a mí, que fui un elegido de Dios? ¿Voy a perder el pelo?» «No necesariamente», dijo el doctor.

Se puso a llorar, como todos. Lloraba por nada. Al oír música, al ver que el perro le lamía los zapatos, al sentir cualquier perfume que le llevaba a fiestas lejanas, al respirar el aire del jardín del palacio, al contemplar la foto de Aranguren y de Enrique Ruano en su gabinete, al leer cualquier verso. Lloraba. Lloraba. El 26 de enero de 2001, un parte médico de la clínica La Luz informó de que Jesús Aguirre se encontraba ingresado allí desde la semana anterior para recibir un tratamiento oncológico por un carcinoma de laringe localizado. Para estas sesiones de radioterapia tenía que guardar turno en un pequeño salón, pero tratando de ser el primero y de no cruzarse con nadie en los pasillos del hospital, llegaba siempre a las ocho de la mañana embozado con gafas negras, el cuello de la gabardina subido hasta las orejas y el ala del sombrero doblada hacia las cejas, pero un día se encontró con que en la sala ya esperaba un paciente misterioso, quien al verlo entrar le dijo: «Señor duque, bienvenido a Hades, la región de los muertos». La fiesta había acabado. Poco después supo que Juan Benet tenía un cáncer en el cerebro y trataba de operarse en Suecia, un país donde suelen dar el Premio Nobel.

A caballo del segundo milenio de esta era cristiana llegaban bandadas de grajos radioactivos y pasaban bajos por encima del palacio de Liria. José María Aznar había ganado otras elecciones generales, esta vez con mayoría absoluta. Poco después casó a su hija en el monasterio de El Escorial y por la gran explanada de granito desfiló la nueva corte de los milagros. Muchos de aquellos invitados estaban en busca y captura, unos de la justicia y otros de su propia conciencia. Aznar había entrado en una fase de locura personal desde el momento en que, fumándose un puro, puso las patas en la mesa del amo del imperio George Bush, y en compensación el amo del imperio George Bush puso sobre el hombro de Aznar su garra de tigre en las Azores.

Aquel primer atentado de la Yihad Islámica en el merendero El Descanso acaecido días antes de que Jesús Aguirre, decimoctavo duque de Alba, me nombrara su biógrafo ante el rey de España, en el claustro de la Universidad de Alcalá, tuvo una réplica feroz, como sucede en los movimientos sísmicos que nacen del fondo de la tierra. El odio islámico había reventado después de los años en la espantosa tragedia de la estación de Atocha, que entre otros muchos cadáveres también se llevó al gobierno de Aznar por los aires. Y en esto volvieron al poder los socialistas.

Las postrimerías consistían en pedir confesión, y nadie sabe si en la soledad del palacio de Liria, al oír detrás muy cerca los pasos de la Dama Blanca, ahogados por alfombras y tapices, Jesús Aguirre pidió un sacerdote para vaciarse de todo el terror. Puede que desde una ventana de palacio contemplara las nuevas rosas que habían florecido en las tapias, el ruido que producía la ciudad, las trompetas del Juicio Final que no eran sino los alaridos de las ambulancias y de los bomberos. La primavera estaba reventando en todas las acacias. ¡Cuánto tarda en morir el día! Fueron las mismas palabras que había pronunciado su amigo Enrique Ruano ante una puesta de sol infinita.

Una de aquellas ambulancias cuyo lamento oía Jesús Aguirre desde su lecho de agonizante se detuvo bajo los leones mesopotámicos de la cancela de Liria. Había sido llamada con urgencia por el duque de Huéscar, pero ya era demasiado tarde. En una habitación de palacio rodeado de óleos de Tiziano y de bombonas de oxígeno, con un libro de Goethe entre frascos de medicinas en la mesilla de noche, bajo el denso perfume de láudano, su último incienso, expiró el decimoctavo duque de Alba, el 11 de mayo de 2001, a las cinco en punto de la tarde, cuando otros aristócratas y terratenientes amigos ocupaban la barrera de las Ventas en la tercera corrida de abono de la feria de San Isidro. La causa directa de su muerte fue una embolia pulmonar, prueba de que, tal vez, había una enfermedad vírica soterrada. Cayetana se encontraba en Sevilla entregando un premio a Curro Romero. Murió solo y el llanto de la ambulancia, su única plañidera, fue lo último que oyó Aguirre, el magnífico en este mundo. También cantaban los pájaros en los álamos de palacio excitados por el calor de una primavera ya rabiosa. El agonizante no pronunció ninguna frase para la historia. Después sonó Mozart para ilustrar la capilla ardiente, instalada en Liria, por donde desfilaron los amigos de su juventud, aquellos que compartieron con él los sueños del amor a la inteligencia, pero no llegaron todos. Unos habían muerto, otros se encontraban en paradero desconocido. Jesús Aguirre fue enterrado al día siguiente en el panteón que la Casa de Alba posee en el convento de las madres dominicas en el pueblo de Loeches, a veintiocho kilómetros de Madrid. Allí consiguió escalar finalmente el héroe un gran sarcófago de mármol por cuya conquista luchó toda su vida.

Este libro
se terminó de imprimir
en los Talleres Gráficos
de Dédalo Offset, S. L.,
Pinto, Madrid (España)
en el mes de febrero de 2011

LEÓN DE OJOS VERDES
Manuel Vicent

Verano de 1953. Un hotel balneario en la playa. Durante las
vacaciones un joven aprendiz de escritor ensaya allí sus primeras
armas. Algunos clientes del Voramar, un asesino, un viejo doctor
barojiano, un pez gordo franquista, un coronel navegante, un anciano
en silla de ruedas que recibe todavía cartas de amor, forman parte
de la galería de personajes. Entre ellos se mueve una turista francesa
adolescente, llamada Brigitte Bardot. Todavía no es conocida, pero
en esta playa española ya causó escándalo su bikini rojo. En la terraza
del Voramar permanecen también los recuerdos de cuando fue
hospital de sangre de las Brigadas Internacionales en la guerra civil y
por su ámbito campan las sombras de los escritores John Dos Passos
y Dorothy Parker, del cantante de blues Paul Robeson, que pasaron
por allí. Aquel verano de 1953 se rodaba en el Voramar una película
ambientada en la época de entreguerras y por la terraza se movían
también los figurantes, señoras con corpiños y pamelas, caballeros con
sombreros de paja dura y cuellos de porcelana.

MANUEL VICENT

Alfaguara es un sello editorial del Grupo Santillana

www.alfaguara.com

Argentina
www.alfaguara.com/ar
Av. Leandro N. Alem, 720
C 1001 AAP Buenos Aires
Tel. (54 11) 41 19 50 00
Fax (54 11) 41 19 50 21

Bolivia
www.alfaguara.com/bo
Calacoto, calle 13 n° 8078
La Paz
Tel. (591 2) 279 22 78
Fax (591 2) 277 10 56

Chile
www.alfaguara.com/cl
Dr. Aníbal Ariztía, 1444
Providencia
Santiago de Chile
Tel. (56 2) 384 30 00
Fax (56 2) 384 30 60

Colombia
www.alfaguara.com/co
Calle 80, n° 9 - 69
Bogotá
Tel. y fax (57 1) 639 60 00

Costa Rica
www.alfaguara.com/cas
La Uruca
Del Edificio de Aviación Civil 200 metros
Oeste
San José de Costa Rica
Tel. (506) 22 20 42 42 y 25 20 05 05
Fax (506) 22 20 13 20

Ecuador
www.alfaguara.com/ec
Avda. Eloy Alfaro, N 33-347 y Avda. 6 de
Diciembre
Quito
Tel. (593 2) 244 66 56
Fax (593 2) 244 87 91

El Salvador
www.alfaguara.com/can
Siemens, 51
Zona Industrial Santa Elena
Antiguo Cuscatlán - La Libertad
Tel. (503) 2 505 89 y 2 289 89 20
Fax (503) 2 278 60 66

España
www.alfaguara.com/es
Torrelaguna, 60
28043 Madrid
Tel. (34 91) 744 90 60
Fax (34 91) 744 92 24

Estados Unidos
www.alfaguara.com/us
2023 N.W. 84th Avenue
Miami, FL 33122
Tel. (1 305) 591 95 22 y 591 22 32
Fax (1 305) 591 91 45

Guatemala
www.alfaguara.com/can
7ª Avda. 11-11
Zona n° 9
Guatemala CA
Tel. (502) 24 29 43 00
Fax (502) 24 29 43 03

Honduras
www.alfaguara.com/can
Colonia Tepeyac Contigua a Banco
Cuscatlán
Frente Iglesia Adventista del Séptimo Día,
Casa 1626
Boulevard Juan Pablo Segundo
Tegucigalpa, M. D. C.
Tel. (504) 239 98 84

México
www.alfaguara.com/mx
Avda. Universidad, 767
Colonia del Valle
03100 México D.F.
Tel. (52 5) 554 20 75 30
Fax (52 5) 556 01 10 67

Panamá
www.alfaguara.com/cas
Vía Transísmica, Urb. Industrial Orillac,
Calle segunda, local 9
Ciudad de Panamá
Tel. (507) 261 29 95

Paraguay
www.alfaguara.com/py
Avda. Venezuela, 276,
entre Mariscal López y España
Asunción
Tel./fax (595 21) 213 294 y 214 983

Perú
www.alfaguara.com/pe
Avda. Primavera 2160
Santiago de Surco
Lima 33
Tel. (51 1) 313 40 00
Fax (51 1) 313 40 01

Puerto Rico
www.alfaguara.com/mx
Avda. Roosevelt, 1506
Guaynabo 00968
Tel. (1 787) 781 98 00
Fax (1 787) 783 12 62

República Dominicana
www.alfaguara.com/do
Juan Sánchez Ramírez, 9
Gazcue
Santo Domingo R.D.
Tel. (1809) 682 13 82
Fax (1809) 689 10 22

Uruguay
www.alfaguara.com/uy
Juan Manuel Blanes 1132
11200 Montevideo
Tel. (598 2) 410 73 42
Fax (598 2) 410 86 83

Venezuela
www.alfaguara.com/ve
Avda. Rómulo Gallegos
Edificio Zulia, 1°
Boleita Norte
Caracas
Tel. (58 212) 235 30 33
Fax (58 212) 239 10 51